回復術士的重啟人生

~即死魔法與複製技能的極致回復術~ 1

一名少女用看著垃圾的眼神踐踏著我的臉。

「那傢伙」是奪走我一切的女人。

凱亞爾
【癒】之勇者。夢想成為真正英雄的少年……這個希望被打碎後，化身為殘忍的復仇之鬼凱亞爾葛。
芙列雅
【術】之勇者。吉歐拉爾王國公主，也是位慈愛的聖母……然而在那笑容的背後窺視著一切。
剎那
淪為奴隸的冰狼族天才。被凱亞爾所救成為他的所有物。

布蕾德
【劍】之勇者。秀麗的貴公子……然而實際上是個虐待狂女同性戀。
布列特
【砲】之勇者。經驗豐富值得依靠的男人……其實是只愛著少年的精神病患。
克蕾赫
【劍聖】。吉歐拉爾王國最強的劍士。

我想起了一位女性。
她有著一頭淺桃色的秀髮，是受到所有人愛戴的公主。
【術】之勇者芙列雅。
「這次就由我來奪走她的一切——」

回復術士的重啟人生

Redo of healer

～即死魔法與複製技能的極致回復術～

1

月夜涙
插畫・しおこんぶ
Author : Tsukiyo Rui
Illustration : Siokonbu

Kadokawa Fantastic Novels

C O N T E N T S

序章 回復術士將重啟人生！

回復術士除了治療外完全派不上用場。

被認定是獨自一人什麼也辦不到的存在。

如果不倚靠別人根本無法戰鬥。正因為是這樣的存在才會遭到利用。

我就是這樣一路被利用至今。

當我察覺到過錯時，已經回天乏術。我的人生已經完了。

所以我要從頭來過。

我得屏息以待，不可以讓人注意到我已經恢復神智。要裝出愚笨的模樣，為了在最後的最後贏得勝利。

◇

邊境之地

漆黑的世界。

荒蕪的大地。

我們就在此處與魔王對峙。

魔王乃人類的敵人，最強最邪惡的存在。

然而她卻是一副少女的模樣，有著一頭銀髮以及血紅色的瞳孔。

細瘦的身軀被漆黑煽情的禮服包裹，拍動著那宛如墮天使似的黑色羽翼。

「該死的人類！你們甚至還想奪走死之大地……這塊我等最後的安息之地嗎！」

她呼吸急促。雪白的肌膚刻劃著無數的傷痕，身上不斷淌血。

與她對峙的，是人類的希望。集結了世界各國勇者的最強隊伍。

【劍】之勇者布蕾德。金髮碧眼配上結實的肉體，身穿男性裝扮的美女。手上拿著鑲有寶石的雙手劍——神劍拉格納洛克。

【砲】之勇者布列特。是位光頭大漢。手持將魔力轉化為子彈發射的白銀大砲——神砲塔斯拉姆。

【術】之勇者芙列雅。具有淺桃色長髮與瞳孔的美少女。她身為勇者的同時也是一名公主。握著用世界樹製成的神杖瓦納爾甘德。

以及我。【癒】之勇者凱亞爾。

我是赤手空拳。勇者之中唯一沒有【神裝武具】的人。

「布列特，你繼續使用砲擊，別讓魔王有喘息的機會。製造讓我能擊出大招的空檔。」

「好，包在我身上。」

【砲】之勇者布列特用神砲塔斯拉姆毫不間斷地發射魔力彈。

勇者的砲擊威力可以匹敵最高階魔術的第五位階魔術，不僅能連續發射，每一發的軌道也都截然不同。

魔王咂了一聲，拍動翅膀試圖迴避，然而退路已被堵塞，遭到先行繞到背後的子彈直接命中。

趁這機會，【術】之勇者芙列雅開始詠唱，提高自身的魔力。

「久等了。第七位階魔術——【妙爾尼爾】。」

【術】之勇者芙列雅施展必殺的魔法。

以她自身為中心，展開了五層半徑寬達數公尺的魔法陣。

第七位階魔術——【妙爾尼爾】。

比被稱為人類極限的第五位階魔術還高出兩位階，只有【術】之勇者芙列雅才能駕馭的神代魔法。

一道雷擊從天空筆直劈下。超乎常規的高電壓化為電漿，源源不絕傾注而下的雷電宛如光柱。

魔王放棄迴避，在上空展開結界，全力接下光柱。

「最後一擊就麻煩妳嘍，布蕾德。」

「交給我吧，神劍拉格納洛克已聚滿光芒。讓我來給她最後一擊！」

收到【術】之勇者芙列雅的請託，【劍】之勇者布蕾德奔馳而去。

神劍拉格納洛克吸收了勇者的聖氣，綻放出白色光芒。

光是為了擋下【妙爾尼爾】的雷擊就已使出渾身解數的魔王，肯定是無力以對只能任憑宰割吧，勇者們如此深信不疑。

然而……

魔王的表情變得險峻，開口說道：

「別小看我！」

勇者們的想法太過天真。

從魔王那宛如墮天使般的羽翼飄落大量羽毛。

而那一根根的羽毛竟化身為墮天使型的魔物。

墮天使型的魔物們朝【劍】之勇者布蕾德襲擊而去。

儘管【砲】之勇者布列特為了掩護布蕾德接連使出砲擊，但那畢竟是魔王的分身，甚至能閃開勇者擊出的子彈，縱使直接命中，區區一擊也無法將其打倒。

【劍】之勇者死命地揮劍擊倒墮天使們，然而每砍殺一隻，神劍拉格納洛克的光芒便越發黯淡，在刺殺第五隻墮天使時甚至就這樣插在體內無法拔出。

在下一瞬間，【劍之勇者】遭到從四方圍剿而來的墮天使們砍傷，只好淌著血急忙退後。

然而還沒落幕。傾注在魔王身上的【妙爾尼爾】也開始混雜了黑色的光芒。

「人類啊，這就是魔王的力量！」

【妙爾尼爾】的雷擊完全染成一片漆黑。隨後雷擊由下方往上攀升，再次降下。

雷擊的目標是【術】與【砲】之勇者。

原來魔王並非擋下魔術，而是將魔術直接奪走。

搶奪神代魔法。這已是超越人類智慧達到更高境界的絕技。

「呀啊啊啊啊啊啊！」

「咕啊啊啊啊啊啊！」

魔力抗性高的【術】之勇者芙列雅身受重傷。【砲】之勇者布列特則是化為焦炭，當場斃命。

只差一步就能戰勝魔王。然而勇者隊伍卻轉眼面臨到全滅的絕境。

現在毫髮無傷的，只有身為【癒】之勇者的我而已。

「喂！廢物，快點治療啊。現在聖靈藥都已經用盡了。你就只能做這種事而已吧，還不快動手！」

【劍】之勇者朝著我咆哮。

但我對她的咆哮視若無睹。

【劍】之勇者的表情充滿憤怒，再度對我咆哮。

「別無視我！我可是為此才讓你活到現在啊！」

明明同樣身為勇者，然而【劍】之勇者卻徹底鄙視著我。

這也無可奈何。

說起來，勇者實在過於強大。幾乎不會受到什麼外傷，根本不需要治療。

況且，還有名為聖靈藥這種除了肢體殘缺外，無論什麼傷都能徹底治療的最高級道具。

儘管聖靈藥是貴重物品，但若是為了勇者隊伍，全世界各國都會收集起來雙手奉上。

【癒】之勇者只能使用【恢復(Heal)】。

只要有聖靈藥，便不需要【癒】之勇者。我的存在就是用來節省聖靈藥的消耗，以及當聖靈藥用完時的預防措施。

「喂，沒聽到嗎，廢物？你是因為嗑藥嗑過頭，腦袋都變白痴了嗎！」

聽到藥這個詞彙，我不自覺地勾出一抹自嘲的笑容。

沒錯，我是重度的藥物成癮者。

【恢復】有著致命的缺陷。

所謂【恢復】，是讓對方回到正常狀態的魔術。

換句話說，得先徹底了解對方的一切才能使用。儘管正常的定義因人而異，但是不連刻劃在肉體上的經驗也一起重現，就算不上是完美的治療。

為此，這套魔術必須把要施以【恢復】的對象所經歷的一切在一瞬間徹底灌輸給術者，讓術者理解這個對象。

那有著超乎想像的痛苦，也會感受到他人進入自己內心的恐怖。

光憑一般人的精神力根本無法承受。

實際上，我也曾有一次逃走過。因為我不想使用這股力量。

但結果還是被抓了回來投以大量藥物，這甚至讓我喪失了恐懼感和痛覺。從此，我染上重度的藥癮，被調教成只要為了藥就會欣喜地使用【恢復】。失去了自我，淪為家畜。

原則上來說，回復術士無法治療自己。因此我就這樣被藥物侵蝕、破壞，甚至淪落為遺忘了自己是誰，沒察覺到已經失去自我的廢物，一路被利用至今。

「誰要醫妳呀。去死吧，這個垃圾。」

我用唾棄的口吻這樣宣告。【劍】之勇者的外貌雖然是個年輕有為的青年，但卻是個女人，一個討厭男人的同性戀。現在是為了誘惑女性而喬裝成她最討厭的男人模樣。

「你……難道清醒了？」

【劍】之勇者以驚訝的語氣說道。

這也難怪。儘管我和這傢伙已經有三年以上的交情，但是在彼此初次見面時我早已喪失了自我。這段期間，我不過是個像機器般聽從他們命令的人偶罷了。

然而在一年前，我以後天的方式獲得了【藥物抗性】這項技能才得以恢復神智，而且也發現自己【恢復】的熟練度已經提高到能用來治療自己。

在治療了被藥侵蝕的身體後，我一邊隱藏自己已經恢復神智的事實，一邊持續研磨自己的利牙。

這一切都是為了今天。

我往前奔馳，目標只有魔王一人。

我要打倒魔王，得到那個。

「蠢貨，想死嗎？你根本沒有戰力！還不老實回來治療我！」

我對【劍】之勇者布蕾德的斥責充耳不聞，筆直地朝向魔王奔去。

無數的墮天使朝我襲擊而來。

然而……不足為懼。

「太慢了。」

我以毫釐之差閃過墮天使們的攻擊，同時往前衝刺。

之所以能辦到這點，純粹是體術使然。

這是人類所能掌控的最具效率的動作。

我至今【恢復】了無數的人類。

藉由體驗了無數人的經歷，讓我能將其技術轉化為自己的能力。其中也不乏武術高手。

【恢復】的副作用並非只是單純的副作用，甚至還帶給了我力量。

如今我的動作，恐怕還凌駕在【劍】之勇者之上吧。

這正是……

「【模仿】。」

當我剛恢復神智時，著實嚇了一跳。

畢竟在我的體內存在著無數的技能以及知識。

為數眾多的高手以及賢者，他們的力量與知識就存在於我體內。

墮天使們眼見我的動作實在過於迅速，便使用【強化術式】，在身上纏繞了黑色光芒。

墮天使們的速度有了飛躍性成長，同時還在這種狀態下進行全方位的同時攻擊。

我咂了一聲。

即使採取最理想的行動，依舊不可能迴避。無論如何行動，以物理的角度來說根本無法閃躲，可說是被逼到了死胡同。

那麼，只有提高基本能力了。

「【改良】。」

我使出【改良】。

原本【恢復】是要透過賦予變化，令對方恢復正常狀態的魔術。

那麼，既然能夠賦予變化的效果，那也就表示可以不恢復原本狀態，而是變化為自己期望的姿態。

我在這個瞬間，透過【改良】將自己的身體改寫成適合戰鬥的肉體。

體能因此急速攀升，讓我能閃開過去的自己絕不可能迴避的攻擊。持續逼近魔王。

「不愧是魔王的眷屬。真難纏。」

縱使再怎麼閃開攻擊，墮天使們依然窮追不捨。

此時墮天使們集中到一個地方合為一體。

儘管沒有巨大化，但是密度卻高漲到難以置信的程度。充滿了壓倒性的存在感。

墮天使升空後隨即急速降落，同時揮下拳頭。

無法迴避。但是有辦法應付。我抓住朝自己揍來的手臂。然後……

「【改惡(Heal)】。」

發動魔術。

既然能恢復原樣，也能變成自己期盼的模樣，那麼要破壞也是輕而易舉。

生物的肉體極其脆弱。只要將不該連接在一起的血管接上，或是將脊髓和大腦的連結切斷，光因這點小事就會遭到破壞。

因此我使出【改惡】，讓肉體損壞。

【恢復】的可怕之處，在於能無視森羅萬象的所有抗性。

因為生物會本能地接受【恢復】。

換句話說，就是無法防禦的一擊必殺技。

墮天使的肉體逐漸崩毀。

魔王見狀，瞪大雙眼驚恐地看著我，開口說道：

「你是什麼人！」

「【癒】之勇者凱亞爾，只是個回復術士。」

【恢復】並不只是單純的治療而已。

當我意識到這點的瞬間，視野便一口氣拓展開來。

能把治療對象身上的技能據為己有的【模仿】。

能將肉體改良為自己期望模樣的【改良】。

能治療成遭到損壞的模樣，無法防禦的即死魔術【改惡】。

如果我在四年前就具有這股力量，那應該會有更為截然不同的人生吧。

實現這個妄想正是我的目的。

魔王射出了無數的漆黑子彈。

但徒勞無功。

存在於我體內的賢者知識理解了其術式，完全看穿威力、速度以及軌道，再以最強武鬥家的技術配合強化後的體能，根據這個結果做出動作進行閃躲。

就這樣穿過漆黑的槍林彈雨，將手朝向魔王。只要碰到就是我贏了。

「碰到了。」

接下來只要使用一招魔術即可。

「是嗎，這樣一來我也結束了。真不甘心啊。到頭來我還是沒能保護住。」

魔王露出了哭泣般的笑容。看到她的表情，不知為何讓我有了強烈的罪惡感。

儘管如此，我也不能在此停下。因為我也有我的目的。

「【改惡】。」

在我的【改惡】面前，就連魔王也束手無策。

她的肉體遭到破壞，崩毀消去。

「不用擔心，因為會再從頭來過。」

我低喃了一句後，取出了魔王的心臟。

紅色的寶石，這正是我的目的。

「太精彩了。【癒】之勇者凱亞爾。父親……不，國王也會很高興吧。咳……那顆寶石很危險。上面被施加了強力的詛咒，就交給【術】之勇者的我來保管吧。」

【術】之勇者芙列雅使用藏在身上的聖靈藥，恢復因黑色雷擊而受到的傷害，並對我投以微笑。

讓人作嘔。

自從我拒絕使用【恢復】以來，那傢伙就根本沒對我笑過。

她總是用看著骯髒野狗般的視線對著我。

將覺醒了勇者之力的我帶離村莊，當我因使用【恢復】產生恐懼逃走時把我抓回來，為了

利用【癒】之力，把我當成藥物成癮者奪去自我的罪魁禍首就是這傢伙。

「賢者之石……」

沒錯，當我說出這個名詞的瞬間，【術】之勇者芙列雅的表情隨之僵硬。

「妳想殺害魔王的理由就是這個吧？殺死魔王，將魔族趕盡殺絕都是為了獲得這玩意兒。這是能讓所有魔術之力爆炸性提升的最上乘魔術道具。只要有這個，連禁咒都能夠使用。」

我曾對芙列雅施展過【恢復】。

因此我知曉她所有的一切。

基本上，魔物存在著兩個種類。

就是被魔族還有魔王所支配的魔物，以及自然誕生隨著本能大肆作亂的魔物。由於魔族、魔王和人類彼此會保持距離，因此雙方處得還不錯。

然而，在十年前突如其來發生了一起受到統率的凶惡魔物襲擊人類國度的事件。

吉歐拉爾王國為了守護國家，開始鼓吹眾人得將魔王與魔族趕盡殺絕。

然而，實際上根本不存在著這樣的事實。是吉歐拉爾王國使用了各種手段捏造了虛假的證據，由人類方出手引誘魔族反擊所致。為的就是殺害魔王，獲得魔王的心臟。

為此他們需要湊齊金錢與兵力，而捏造了一個冠冕堂皇的理由。

這十年來的戰爭，並不是必要之戰。

「哎呀，真是博學多聞呢。沒想到魔王的心臟居然有著那樣的名稱。」

「是啊，我可博學多聞了。甚至還知道你們作著想利用這顆賢者之石使用禁咒，藉此征服世界的春秋大夢。」

芙列雅在一剎那間露出了滿臉憎惡的表情。

然而，在下一瞬間就恢復了身為公主該有的柔和笑容。

「哎呀，我完全不知道你在說什麼呢。」

「是嗎，那麼這就交給我來使用吧。」

我正是為此，才會在恢復神智後依舊偽裝成喪失自我的模樣。

這都是為了要在最後的最後一刻，搶先芙列雅一步。

「你到底想做什麼？」

「這顆賢者之石能將術者的力量提高到超乎想像的境界，甚至還能使出荒誕無稽的魔術。我要用這股力量施展【恢復】。因為我有無論如何都想治好的事物。」

沒錯，是已經損壞的事物。

以常識來說絕對無法取回的事物。

我打從靈魂深處渴望的事物。

「你……該不會！」

「我要【恢復】這腐敗的世界，從四年前……和妳相遇之前從頭來過。」

一般來說，這是無論如何擴大解釋【恢復】的力量來使用，也無法觸及的領域。

然而，只要有賢者之石就能辦到。

「沒……沒用的。你絕對做不到。即使做到了，你的記憶也會全部消失。只會再重蹈覆轍而已。」

「或許吧。」

聽到我這句話後，芙列雅露出了安心的表情。

「既然這樣……就別做那種無意義的舉動。只要把那顆石頭交給我，就會有幸福的生活在等著你。王室可以為此保證。」

我對芙列雅微笑後，她便朝我伸出手來。

她的眼神在示意我把賢者之石交出來。

笨蛋。我怎麼可能會同意。

「的確，或許我會把一切都忘掉，再次重蹈覆轍也不一定。一般來說是這樣。但是我不會讓這件事發生。即使一切都消失殆盡，只有這份痛楚我絕對不會忘記。」

我……變得不再是我的那股絕望、痛苦，以及找回自我後的悲嘆。

這所有一切都被深深刻劃在我的靈魂深處。

即使時光回溯失去記憶，也依然不會消失。

我深深這麼相信。全新的我一定會察覺【恢復】的可能性，從頭來過。

「你……該不會……真的……」

「再見啦，公主殿下。要是從頭來過後再次相遇，這次就由我來奪走妳的一切。」

「你……你這個禽獸！」

領悟到我心意已決，芙列雅立刻將魔杖朝向我。

但已太遲。

魔力已經提高至極限，接下來只需發動力量即可。

賢者之石綻放出耀眼的紅色光芒。

「【恢復】。」

我【恢復】了這腐敗的世界。

世界正在恢復到我所盼望的正常狀態。

四年來發生的一切都將化為烏有，回到那一天。

這次我一定要好好做。我一定能辦到。

即使所有記憶消失，這靈魂的痛楚也能讓我回想起一切吧。

第一話 少年作夢

我從床上跳了起來。

渾身是汗，感覺很不舒服。

「呼……呼……呼……又是……那個夢嗎？」

好死不死的，是我成為勇者和魔王戰鬥的夢。

已經不知道作了多少次這個夢境。

我很清楚自己有多少斤兩，自己只是個普通的村民，除此之外什麼都不是。

「太陽已經升起了嗎？」

往窗外一看，外頭已經天亮。

正好，就直接起床出門去幹活吧。

我換下睡衣，整理自己的服裝儀容。

從桌上拿起一顆蘋果咬下，這就是我的早餐。

揹起大大的竹籃，把放有生財工具的小背包掛在肩上。

「我出門了，爸爸，媽媽。」

低喃了這麼一句。

我並不期待他們回應，畢竟我的父母早就遭到魔物襲擊而去世。這只是單純的習慣罷了。

◇

我走到家的外頭。

我所居住的村子小有規模，分成商業區、居住區以及農耕區三個地帶。

居住區遍布著水渠，綠意盎然。

而我要從這移動到農耕區。

我以一名蘋果農家的身分維持生計。

自從父母去世後我就一直是孤身一人，但多虧父母留下的房子以及蘋果園，才勉強能夠維持生活。

走著走著抵達了果園。

「總算可以採收了。」

我看著蘋果樹上成熟的果實，不禁嘴角微微上揚。總算能夠順利採收，這樣的話起碼不會餓死街頭。

我爬到樹上，將紅通通的蘋果一顆一顆放入竹籃。

然而，當我採收蘋果時卻莫名地忐忑不安。

自己體內響起一道聲音。

這樣下去好嗎？

應該還有其他事情得做吧？

不變強可以嗎？

「明明連職階都還沒覺醒，我也太操之過急了。」

人類到了十四歲成人的同時，就會覺醒職階。

各種數值會對應該職階而獲得強化。

沒有職階的人無法戰鬥。

而且，根據被賦予的職階，也會決定能學到的技能。

舉例來說，職階若是劍士，那除了可以習得劍技的技能外，也容易提升熟練度。相對的，若是魔術師就無法習得劍技的技能。

儘管就算沒有劍的技能也能揮劍，但絕對打不贏具有技能的對手。因為攻擊時不會附加速度和威力的補正。

距離我的十四歲生日還有七天。

我已經決定到時如果獲得驚人的職階，就要離開村子出外旅行，若是很微妙的職階，就要像現在這樣守著這座蘋果園活下去。

如今適逢蘋果的採收期，是辛苦了一年的成果換成金錢的時期。即使出發冒險也不會為資金所苦。

我內心懷抱著這小小的希望，默默地繼續採收蘋果。

◇

就在我採收蘋果、照料果園到一個段落後，太陽已經開始西沉。

當我想說也差不多該回家時，聽到了一聲慘叫。

難道說！

我在焦躁感的驅使之下，朝發出慘叫的方向走去。

眼前是一片小麥田。然而卻有著不該存在於小麥田的東西。

「魔物越過防壁闖進來了嗎！」

我發出驚訝的聲音。

包覆著石頭甲殼，四肢略短的山豬怪正在襲擊村民。

一般農民根本無法對抗那種生物。

就算是農民，只要成人後都具有職階。然而正是因為自己的職階不適合戰鬥才選擇當農民，自然也不會提升等級。根本不可能與魔物一戰。

只要再等一會兒，自警團的人就會趕到。到時應該會幫忙打倒魔物。

可是……

「安娜小姐……」

看到熟悉的臉。自從我舉目無親以來，她就一直很關照我。

由於他們夫妻間沒有小孩，所以把我當成自己的小孩那般疼愛。

然而安娜小姐卻因為絆倒來不及逃走。此時石殼山豬慢慢地逼近，再這樣下去會被那傢伙吃掉。

就算我過去也派不上任何用場。先別說職階適不適合戰鬥，我就連職階都還沒覺醒。

『不對。為什麼要畏懼那種程度的魔物？我知道那個魔物對吧？知識就是武器。並非只有狀態值才是強者的唯一條件。』

腦袋裡響起聲音，是平常會催促我快點變強的聲音。

然而現在卻以平常完全無法比擬的音量響徹整個腦袋。

在下一個瞬間，我已向前衝去。

沒錯，不知為何我知道那個魔物。

那個魔物不是山豬。

是石鼴(Rock mole)。

是鼴鼠的怪物。所以牠才能挖掘地道越過圍著村子的防壁，從地下入侵村裡吧。

然而牠有著致命的弱點。

就是眼睛退化到幾乎看不見。要找到獵物得依靠鼻頭上的觸覺器官，以此感測傳達至地面上的震動找尋食物。

因此沒被石殼覆蓋暴露在外的那個器官就是牠唯一的弱點。大概是因為一旦被石頭覆蓋就會喪失敏銳的感覺吧。

只要瞄準那裡攻擊，就算是弱小的我也能傷到牠。

「喝啊啊啊啊啊！」

我全速衝刺並跳了起來。

既然牠是藉由傳達到地面的震動感測敵人，那只要跳上空中就不會被找到了。

我抱在巨大的石山豬……不，石豔的脖頸上。

直到這個瞬間為止這傢伙都沒注意到我，於是我用工作用的刀子朝牠的鼻子觸覺器官這個弱點刺了下去。

「嘰咿咿咿咿咿咿咿咿咿咿咿咿咿咿咿咿！」

石豔開始亂動，把我輕而易舉地甩了下來。

我瞪著那傢伙的鼻子。

以我的狀態值充其量只能傷到牠，無法打倒牠。

既然都用全力朝要害刺了下去也無法殺死牠，那表示我已束手無策了。

我不禁為此感到懊悔。

『我的目的是什麼？明明是要救出那個女人，為什麼卻想要打倒牠？快點完成目的。』

一陣很不以為然的聲音在我體內響起。

聽到這句話我才回過神來，慌忙地跑向安娜小姐身邊將她救走後離開了現場。

儘管石鼴激動地四處大鬧，但牠無法感測到我和安娜小姐的所在之處。

「凱亞爾，那……那個，謝謝你。不過你激怒那個魔物不要緊嗎？」

「不要緊。那傢伙已經什麼都看不見了。」

唯一的感覺器官受損的那傢伙不可能找到我們。

這樣就夠了。我的目的並不是打倒那傢伙，而是要救出安娜小姐。如今目的達成，那就算放置牠不管，自警團的人應該也會設法處理才是。

◇

在那之後過了不久，具有適合戰鬥的技能的自警團出現打倒了石鼴。

大家為我救了安娜小姐的事誇獎我，但同時也斥責我不該這麼亂來。

「你從小就說自己要成為勇者幫助大家，但如果是凱亞爾，說不定真的能成為勇者喔。」

安娜小姐斥責我後，笑著這麼說道。

成為勇者幫助大家，這曾是我的夢想。由於我的父母被魔物所殺，所以我才決定要成為厲害的勇者，不再讓人有這種悲傷的回憶。

「喂，凱亞爾，難道你都不怕那麼凶暴的魔物嗎？」

對自己力量自豪的壯漢艾因斯如此詢問我。

「我不覺得害怕。」

「喂喂，這樣也是個問題吧。你可別太胡來啊。」

和那個石甌交手時，內心莫名地冷靜。

完全不覺得自己有在勉強。反而深信能辦到是理所當然。明明我是第一次和魔物戰鬥，卻出奇地冷靜。簡直就像這不過是日常生活的一幕似的。

這和我這幾天作的夢有什麼關聯嗎？

當我在胡思亂想時，腦中響起平常出現的那個聲音。

『變強吧，而且別相信任何人。我知道如何變強的手段。我吸收了無數冒險者的經驗，無數賢者的知識。現在就使用這一切，就算一秒也好，儘快讓自己變強吧。首先去得到眼睛吧。那就是能看透森羅萬象的眼睛——精靈之眼。』

這是怎麼回事？以前從未如此清楚地聽到這個聲音。

我向圍著自己的村人致意後，離開了那個地方。

單獨行動的我開始奔跑。

「這到底……是怎麼一回事啊！」

我的腳宛如被被某種事物驅使似的自然動了起來。

因為我知道。

在村子附近的森林裡有和精靈界的連結點，只要用古老語言詠唱與精靈締結契約的祈禱文，就能證明自己與精靈締下契約，獲得世界最上乘的眼睛。

這與石龍交手時相同，很自然地就清楚這一切。

然後，能增幅與精靈界連繫的星軌是在五天後。錯過這次就得等到三十四年之後。

以常識來判斷的話，這不過是單純的幻聽。然而我卻無法忽視體內的這個聲音。

如果無視這個聲音，感覺最後我將會失去一切。

脆弱是一種罪。我有這樣的強迫症。

『只要得到眼睛便能想起一切。我不能再重蹈覆轍。這次一定要獲得幸福。』

這股情緒逐漸沸騰。

感覺只要到那裡取得精靈之眼，就能夠明白一切。

我把幾顆蘋果塞入包包，沒多加衣服就直接離開村莊，朝著應該不知道卻又知曉的場所跑了過去。

此時，我總算察覺了。

怎麼？

我這不是在笑嗎？

是嗎，原來如此。我在期待著。期待著遵循這聲音的指示抵達的場所。

那麼出發吧。為了找回自我。

第二話 少年將回想起一切

『去把精靈之眼弄到手。』

我被內心的聲音這樣催促著，離開了村子往森林裡前進。

此時太陽已經開始下山。

夜晚的森林很恐怖。不僅視野有限，魔物的活動也會更為活躍。

一旦離開被防壁包圍的村子，無論何時被魔物襲擊都不奇怪。根本是自殺行為。

儘管如此，我依舊沒有絲毫恐懼。

取出放在包包裡的小刀，剝開附近的樹皮，將擠出來的樹液塗抹在身上。因為這一帶的魔物討厭這樹液的味道。

然後，不討厭樹液的魔物分為具有討厭火的習性的魔物，以及只要不踏進自己的地盤就不會襲擊過來的魔物。

讓身體瀰漫樹液的味道並拿著火把。而且也不能漏看魔物刻在樹幹上用來表示自己地盤的痕跡。只要遵守這些事情就能穿過這片森林。腦海中的聲音這麼告訴我。

「我到底……是怎麼了？」

我在摸不著頭緒的情況下繼續走著。

說不定我罹患了精神方面的疾病。

若是如此，那我只會在夜晚的森林中遇襲而死。畢竟如果這聲音是幻聽，那這些魔物對策就毫無意義。在迎接黎明前我就會成為魔物的盤中飧。

對上石龜時，多虧相信那聲音才能救出安娜小姐。那麼，如果這次能平安度過今晚，關於精靈之眼的可信度就會增加。

所以，向前進吧。現在已經沒有時間了。

考慮到距離，要是不從現在就全速穿過這片森林就會來不及。

我不發一語，一步一步走在森林之中。

◇

自從離開村子已經過了四天。

時間也只剩下一天。只有在星軌重合的那一瞬間才能與精靈界連結。因此我從昨晚徹夜未眠，一直在森林中移動。

疲勞不斷累積。

不只是沒有睡，就連飲食方面也有問題。蘋果早已吃完，只能採些山菜或是在森林狩獵野獸來吃，所以身體虛弱了不少。視野也開始模糊了起來。

走到這一步後我確信了。

我打從心底相信那個聲音，不然根本不會勉強自己來到這裡。

我不斷地走著，走著，走著，到了第五天的夜晚，總算抵達目的地。在樹木間有座美麗的湖泊。視界豁然開朗，星星在夜空中閃耀。

應該不存在我體內的占星之力，正確地理解了星辰的排列。

門正好就要開啟。

『總算是……趕上了啊。好了，去獲得能洞悉萬物的眼睛吧。如此一來，我就能回憶起一切。』

湖泊開始吸收星辰的光輝。

開始了。

我張開了嘴巴。

「————————」

從我口中編織而出的，是古老精靈的話語。

是偶爾會從妖精界混入人界的精靈們，給予有恩之人的祈禱。

這是精靈對恩人以及其子孫的報恩。

只要抵達與精靈界連結的這個場所，看穿星辰排列的祕密，以及祈禱這三個條件後，精靈們就會給予此人力量。

當然，我的祖先並沒有幫過精靈。

只是利用了祖先曾救過精靈之人那奪來的知識。

只是碰巧從我住的村子能抵達連結精靈界的場所，又碰巧遇上星辰排列符合的時機，而我也知道精靈的祈禱才來罷了。

我已經不再思考為什麼我會知道這種事。

想必在獲得【精靈之眼】後，我就能得到一切的答案。

湖水發出了耀眼的光芒。

積蓄在湖內的星辰光芒同時綻放而出。

此時湖泊中央出現一道藍色光柱，劈開了空間，一位美麗的女性隨之現身。

她是個身穿貼身的半透明蒼藍羽衣，長著透明羽翼的美女。

那位美女緩緩地開口說道：

「我是【星之精靈】。人之子啊。遵從古老的盟約，為了回報你的祖先幫助我友人的恩情，讓我賜予你精靈之力吧。你的冀望為何？」

精靈列出候補，像粉碎一切的手臂，不畏懼猶如暴風雨般逆風的雙腳，能聽見千里遠之聲音的耳朵，以及能洞悉萬物之眼。而我心裡早有答案。

「我要眼睛，請給我能洞悉萬物的眼睛。」
我用顫抖的聲音擠出這句話。
於是【星之精靈】便緩緩地飄到我的眼前。
接著她將臉湊近過來。我不由自主地閉上了雙眼。
隨後，眼皮上感受到兩次柔嫩的觸感。
「人之子啊。與精靈締結契約的證明，已經刻劃在你的雙眼。」
儘管眼睛很熱卻不會痛，相當火燙。我感受到一股力量泉湧而出。
接著我打開了眼睛。
「這就是……精靈之眼。」
我頓時瞠目結舌。可以看見漂浮在大氣中的魔力，龍脈的流動，在眼前這位精靈的狀態值以及特殊能力，甚至連她的真名都一覽無遺。
這是多麼驚人的眼睛啊。而且那個聲音對我這麼說道：『這對我即將覺醒的職階有絕對的必要性。』接著我凝視湖面。
水面上映照著我的臉，眼睛發出翡翠色的光芒。
然後，我看著映照在水面上的自己。
「是嗎，原來是這樣啊。」
我看到了世界的真實面貌。我想起了一切。

想起了過去的絕望，以及希望世界重來的渴望。

儘管喪失了記憶，刻劃在靈魂深處的事物卻不會消失。

有種撥雲見日的感覺。儘管歷史重演，喪失了記憶。如今，記憶從刻劃在靈魂上的傷口再次復甦。

我……找回了自己。

「謝謝妳，【星之精靈】。」

我一道謝，【星之精靈】便露出微笑消失而去。

這樣一來我就獲得了精靈之眼……不，【翡翠眼】，做好了事前準備。

兩天後，我將獲得回復術士的職階，然後右手將會刻劃上【勇者】的印記。被選為全世界僅僅十人的勇者。

「首先就循著歷史走下去吧。儘管我具有知識，但技能卻消失了。如果按前世的發展來看，我會被投以大量藥物，強迫我去【恢復】那些身經百戰的戰士們受損的身軀。不過可以【模仿】身經百戰的戰士們的技能倒也不壞。」

而且最重要的是……

「我已經跟那女人約好了。這次就由我來奪走她的一切。」

我想起了一位女性。她有著一頭淺桃色的秀髮，是受到所有人愛戴的公主。【術】之勇者芙列雅。

趕緊回村裡吧。和她再次重逢是我的第一步。

我那映照在水面上的臉，已非純樸少年的臉龐，而是一張扭曲可憎的魔鬼容顏。

第三話 少年覺醒成為回復術士

獲得精靈之眼——【翡翠眼】後的我想起了過去的一切。

一直被利用的過去。

對世界使用【恢復】而回到過去。

如果就這樣什麼都不做，悲劇將再次重演。

絕對不能允許這種事發生。為了要迴避悲劇，得先決定當前的目標。

「首先，我會在兩天後的生日覺醒職階。」

距離十四歲的生日還有兩天，隨著成人的同時就會獲得職階。

當然，我肯定會獲得回復術士的職階。

而且不只如此。我還會獲得【勇者】的職階。

「為什麼像我這種人會成為【勇者】呢？」

【勇者】。那是被神選上之人才能獲得的職階，全世界僅有十名。

這個能力主要分成四種。

・強化職階能力。【勇者】會將那名人類所具有的職階推向更高的次元。

‧解放等級上限。所有生物都設有等級上限。唯有勇者不存在等級上限。

‧提升包含自己在內的隊伍成員經驗值。勇者能獲得正常值兩倍的經驗值。

‧提升其他人的等級上限。透過某種行為可提升其他人的等級上限。

這是很方便的力量，盡是一些符合勇者之名的強大能力。

恐怕，我所學到的比【恢復】更進一步的【模仿】、【改良】以及【改惡】這些魔術，都是因為我是勇者才能使用的能力。

而且沒有等級上限根本就是作弊。一般來說，等級上限約在20～30之間。但勇者卻是無限。表示能永無止盡地強下去。和一般人的層次根本截然不同。

提升經驗值也不容小看。如果前世的記憶正確，有一名勇者就能讓隊伍成員獲得兩倍經驗值。

當四名勇者組成隊伍時，就能獲得16倍的經驗值。

「好了，芙列雅應該是在一星期後才會出現吧。」

根據記憶，在我獲得回復術士的職階成為勇者過了五天後，王國就會派人來迎接我。

看樣子，已經覺醒為【術】之勇者的芙列雅公主，似乎具有感應勇者誕生並找出其所在地的能力。

她這次也一定會察覺到我的存在來迎接我吧。

畢竟放眼世界也僅有十人的勇者是貴重的戰力。她不會坐視不管。

我一邊走著一邊決定方針。

「首先，就不考慮從王國手中逃走了。」

有兩個理由。第一，【術】之勇者芙列雅可以感應到勇者所在處，不可能從她手中脫逃。

尤其是我等級太低，又沒有技能，一旦遭到王家手下的精銳部隊包圍根本無法脫困。

如果真的打算要逃，那不先摧毀【術】之勇者芙列雅的感應技能根本無計可施。世界上只能存在十位勇者。以王家的立場來說，應該會選擇殺掉派不上用場的勇者，讓新勇者誕生吧。

第二，我想【模仿】優秀人類的技能。

在之前的歷史，我因為承受不住【恢復】的痛苦而逃走，但卻被抓回來弄成藥物成癮的狀態，隨後強迫我去【恢復】王國底下那些身手優秀，卻因有著聖靈藥也無法治癒的殘缺部位只得脫離戰線的身經百戰的勇士。

儘管那是宛如惡夢一般的經歷，但能夠【模仿】那些平常根本沒機會見上一面的英雄們的技能，可說是千載難逢的機會。

考量到這兩點，那我要採取的策略只有一個。

就是被王城抓回去，循著上次的歷史充分地【模仿】技能後再逃走。

為了達到這個目的，有個難關必須克服。

「藥物抗性是絕對必要的。要是被弄成藥物成癮者失去自我，就等於重蹈覆轍。」

我得獲得藥物抗性，確保就算被弄成藥物成癮者也能維持自我。

另外，在逃走時也需要一定的強度。所以想先提升等級。

後者倒不用擔心。因為我有【掠奪（Heal）】。

在【模仿】技能時就能順便提升等級了吧。

既然決定了，就得為此開始準備。

我一邊往村子走回去，一邊採下毒草與毒菇放進包包裡。

前世的我之所以花費漫長時間才對藥物產生抗性，是因為我任憑自己沉浸在藥物帶來的快樂之中。要習得抗性就得抵抗藥物才行。只要在接下來的一週持續對抗毒性，就能提高相當的熟練度。儘管僅僅一週無法獲得抗性，但是只要在這個星期內充分地提高熟練度，保持堅強的內心，在不久的將來應該能學會藥物抗性吧。

「不過只是逃走就不好玩了。不如把芙列雅玩壞將她一起帶走吧。」

在之前的歷史，那女人把我弄成藥物成癮者，當作只用來回復的機器。

我要對她做一樣的事。在逃走時順便用【改良】再擄走她。

話雖如此，我也絕對不是魔鬼。

這個世界的芙列雅還未加害於我。要是現在就把她玩壞加以利用實在不合理。如果她不打算搞壞我的話就放過她吧。

不過，要是她這次依然想搞壞我，就得讓她受到報應。讓那個女人也嘗嘗當家畜的滋味。

我憑藉自己的知識，攝取了不至於致死的毒草與毒菇，時而用以毒攻毒的方式緩解症狀，並一般避開魔物前進。

◇

自從獲得精靈之眼已過了兩天。

差不多已經習慣毒性了。當我為了喝水來到河川時，看到映照在水面上的臉龐都讓自己驚呆了。不僅臉頰消瘦，目光也很渙散。

看來有點做過頭了。算了。為了得到幸福也不得不這麼做。

我抬頭仰望天空，滿月正散發出光芒。

冷不防地，右手傳來一種宛如灼傷般的痛覺。

「來了嗎？」

手背上浮現出類似幾何圖形的印記。

這是勇者的證明。我這次也被選為勇者。那麼職階應該也覺醒了才對。

我凝視水面，把力量集中在眼睛。於是精靈授予我的【翡翠眼】發出光芒。

原本必須要透過鑑定紙這種高價的魔道具才能觀測狀態值。

然而，透過翡翠眼就能用眼睛直接確認。

種族：人類　姓名：凱亞爾
職階：回復術士、勇者　等級：1
狀態值：
MP：12／12
物理攻擊：5　物理防禦：6　魔力攻擊：7
魔力抗性：8　速度：7
技能：
・回復魔法Lv1
特技：
・MP回復率提升Lv1：回復術士特技，MP回復率會上升補正一成。
・治癒能力提升Lv1；回復術士特技，回復魔法會向上補正。
・經驗值上升：勇者專用特技，包含自身在內，隊伍能夠取得兩倍經驗值。
・等級上限突破（自）：勇者專用特技，解放等級上限。
・等級上限突破（他）：勇者專用特技，將灌注了魔力的體液給予他人，就有低機率可以使他人的等級上限＋1。

不需魔道具就能確認狀態值的眼睛非常方便。

特別是像我這種使用【模仿】就能拷貝對方技能的能力者而言。

用這雙眼睛去鎖定我想要技能的對象，就能拷貝對方的技能。而且【翡翠眼】的能力還不只如此。剛才的部分不過是用鑑定紙就能確認的情報。這雙眼睛還能看得更透徹，那就是……

等級上限：∞
天賦值：
MP：110
物理攻擊：50　物理防禦：50　魔力攻擊：105
魔力抗性：125　速度：120　合計天賦值：560

等級上限和天賦值。

凡是生物就各自都有能提升的等級上限。

能準確無誤地看出這個狀態值，就能看出真正具有天賦的對象。就算狀態值再怎麼高，但等級最多只能提升到10的話根本派不上用場。

而且最重要的是天賦值。狀態值是用天賦值與等級相乘後得到的數字。

一旦天賦值低，那不論再怎麼提高等級都不會變強。

以我來說，由於是回復術士所以物理方面的天賦值偏低，但其他都具有相當高的水準。

儘管勇者再怎麼強，也絕對無法孤身作戰，需要伙伴一起協力。只要有這【翡翠眼】我就能挑選出具有天賦的人物。

「回復術士與勇者的職階，獲得藥物抗性的事前準備，還有【翡翠眼】，必要的東西都湊齊了。接下來只須等待歷史重演。真奇怪啊，我明明那麼憎恨芙列雅，但現在卻期待和她相見呢。」

我祈禱著。希望這個世界的芙列雅也一樣是個垃圾。

這樣一來，我就能毫無顧忌地對她復仇。把她當作家畜好好疼愛她。

我冷笑了一聲後起身，開始往前走去。一步一腳印，為了確實達成我的目的。

第四話 回復術士與【術】之勇者相遇

在十四歲生日這天，我獲得了回復術士的職階，同時也成為了世界上僅能同時存在十人的特別職階——勇者。

獲得職階後，我在森林中朝著自己的村子前進。

然而我並不是漫不經心地走著，為了獲得藥物抗性，也沒有忘記主動攝取毒物。

「【恢復】。」

我用右手觸碰身體，詠唱【恢復】。

藉此消除體內的毒素。

「也得提高【恢復】的熟練度才行啊。」

我這麼喃喃自語。

要對自身施以回復魔法原本是非常困難的事。

發動魔法的途中，作為發動來源的身體會產生變化，會讓魔法產生雜訊導致無法控制。

然而，我已經施展過數千次、數萬次的【恢復】。

可以預測【恢復】的對象會如何變化，再根據這個預測來使用魔術。

如今我已能治療中毒狀態，拜此所賜提升藥物抗性熟練度的效率也提昇了。

雖說如此，只要使用四次【恢復】ＭＰ就會輕易耗盡。要是不升級提高ＭＰ上限的話會很吃力。就這樣，我獲得職階後走了三天，才總算抵達自己的村子。

◇

抵達村子後，認識的人紛紛朝我跑了過來。

他們似乎因為我不告而別消失了整整十天這件事感到非常擔心。

儘管被問了許多事，但我還是搪塞過去。畢竟這不是說出來就能讓人理解的事。

只要精靈之眼【翡翠眼】不是處於發動狀態，就不會轉變為獨特的眼色，因此可以瞞天過海。此時，村長邀我下次去王都採買時也一起搭上馬車同行。

這是為了去王都買鑑定紙。

儘管我的村子規模算大，但實在也沒有人有本事做出上級魔術師才能製作的鑑定紙。

總之我先答應了他的提案。雖然已透過【翡翠眼】得知自己的職階，但既然要隱瞞【翡翠眼】的存在，那我理應不知道自己的職階。

才剛成人卻不打算知道自己的職階很不自然，因為不論是誰都會想知道自己的職階。

算了，反正怎麼選都無濟於事。因為公主他們會在採買那天之前就來迎接身為勇者的我。

◇

自從回到村子後，我一邊做著習得藥物抗性的訓練，一邊照顧蘋果，過著一如往常的生活。雖然也想狩獵魔物提升等級，然而我的物理攻擊、物理防禦的天賦值卻是最低水準的50。唯一能用在攻擊的魔法——【改惡】太過消耗魔力。以現在的ＭＰ無論怎麼拚命都沒辦法使用。實在不想在這種狀況下和魔物交手。

算了，不用著急。只要之後利用【掠奪】就可以盡情提升等級。

「凱亞爾，你右手上的圖樣是什麼？」

做完田裡的工作，正當我打算回家時被安娜小姐叫住。

「我也不是很清楚。有一天就突然出現了。」

「要不要去讓咒術師看一下？」

我露出苦笑。

儘管勇者的存在很有名，但是關於勇者的印記卻鮮少人知。

「如果痛的話會去讓他看看。是說那邊怎麼吵吵鬧鬧的？」

村子入口引起了一陣喧嘩。

肯定是公主他們來了。好了，就來推進歷史吧。

◇

抵達村子入口後，我立刻就明白騷動的原因為何。有輛陌生的馬車停在那裡。

不僅豪華又充滿了功能美。就連馬也並非一般馬匹，而是幻獸獨角獸。

這是半吊子的資產家絕對買不起的。

而且，馬車的周圍還有身穿祕銀鎧甲的騎士們在護衛。

比起這些，最有力闡述他們身分的，就是刻在鎧甲和馬車上的王家徽章。

馬車的門打開後，走出來的是一名年約十四五歲的少女。

聚集起來的圍觀群眾露出目瞪口呆的表情。想必是成了她那宛若天仙的美貌，優美的氛圍，以及宛如聖女般笑容的俘虜。

散發出無與倫比的領袖魅力，既是公主又是勇者。她的姓名是……

「各位，你們好。我是吉歐拉爾王國第一公主。【術】之勇者芙列雅・艾爾格蘭帝・吉歐拉爾。」

一陣歡呼湧起。

因為她作為一名勇者早已聲名大噪。

芙列雅已習得人類能使出的最強魔術「第五位階」，甚至還能使用更上一層樓，前所未聞

的第六位階魔術，以世界最強的魔術師而馳名。

我還知道她能使用的魔術在幾年後甚至會達到第七位階。

在魔術這方面恐怕無人能出其右。

「今天，我是來迎接在這村子誕生的新勇者。」

歡呼變得更為盛大。村民們面面相覷，開始異口同聲討論誰才是勇者。

我把力量集中在眼睛，為了確認芙列雅的能力而發動【翡翠眼】。

種族：人類　　姓名：芙列雅
職階：魔術師、勇者　　等級：25
狀態值：
ＭＰ：155／155
物理攻擊：40　　物理防禦：25　　魔力攻擊：70
魔力抗性：55　　速度：50
技能：
・攻擊魔法（全）Ｌｖ３　　・體術Ｌｖ２
特技：
・ＭＰ回復率提升Ｌｖ２：魔術師特技，ＭＰ回復率會上升補正一成。

・攻擊魔法威力提升Lv2：魔術師特技，攻擊魔法會向上補正。
・超越魔術師Lv2：魔術師、勇者複合特技。可使用全屬性魔術。可使用高階魔術。
・經驗值上升：勇者專用特技，包含自身在內，隊伍將取得兩倍經驗值。
・等級上限突破（自）：勇者專用特技，解放等級上限。

仔細一看還真是驚人的狀態值。

尤其是魔力攻擊特別卓越。

特技方面也存在著魔術師與勇者的複合技能，原本最多只能使用兩種屬性的屬性魔法，她不僅全屬性都能使用，甚至能使用高階魔術。

完全就是不愧勇者之名的能力。要吹毛求疵的話，遜色於我的就是無法讓其他人增加等級上限這點。順便也看看天賦值吧。

等級上限：∞
天賦值：
MP：150
物理攻擊：70　物理防禦：40　魔力攻擊：140

魔力抗性：100　速度：80　合計天賦值：580

除了勇者共通的等級上限∞外，合計天賦值還高達580。
畢竟一般人類的天賦值的每項數據標準為60。合計下來有360左右就算不錯。
特別要注意的是魔力攻擊的天賦值為140，恐怕是人類中最頂尖的數據。

由於獲得了必要的情報，我關閉【翡翠眼】。隨後便與芙列雅四目相接。
「你就是我的同伴吧。請過來這邊。」
芙列雅一開口，站在我和芙列雅之間的村民就往左右分開讓出一條路。
我踏著這條路走近芙列雅。

「我是勇者？」
我刻意表現出驚訝的神情，畢竟現在這種場合得這麼做。
「看來你還沒注意到呢，你已經被選為勇者。」
她靠近我的身旁握住我的手並高高舉起。
「烙印在這右手上的印記正是勇者的證明。我是來迎接你的。讓我們一起從魔王手中拯救這個世界吧。」
村民們雀躍不已，頓時再度歡聲雷動。因為勇者出現在自己的村子。

光是這樣就已是極高的榮譽，甚至還具有從國家收到補助這種實際利益。

「我沒辦法相信自己是勇者。」

「你會這樣說也無可厚非。然而這是事實。事不宜遲，請你立刻和我前往王都。因為作為一名勇者，還有許多事情等著你去學習。」

聽到都快吐了。因為我知道所謂作為一名勇者必須學習的，就是讓我成為藥物成癮者，調教成只會幫人回復的機器。

「就算妳突然這麼說，但我還沒做好心理準備……」

「呵呵，請放心。有我陪著你。作為勇者的前輩，我會教你各式各樣的事。」

芙列雅溫柔地微笑，並握緊我的手。觸感很柔軟，味道很香，只要是男人不論是誰都會被一招攻陷吧。但是我清楚這女人的本性，所以只感到厭惡。

「我明白了。公主殿下，請妳帶我前往王都。」

「嗯，當然了。」

沒有一名村民打算挽留我。而是各自對我送上祝福的話語。

根本不知道我在這之後會受到什麼樣的對待。

儘管這也無可厚非，但還是令人煩躁。

◇

我們搭上馬車，往王都前進。

「話說回來，我還沒請教你尊姓大名呢。我叫芙列雅・艾爾格蘭帝・吉歐拉爾。」

「我叫凱亞爾。請多指教。」

「真是很棒的姓名。能麻煩你將職階告訴我嗎？」

芙列雅依舊掛著能迷倒任何人的笑容，以勾引人心的聲音持續說道。然而這些都是她的技倆，實在令人畏懼。

「我不知道自己的職階。因為才剛成人不久，還沒使用鑑定紙鑑定。」

「這樣啊，如果方便的話，請你現在就使用鑑定紙吧。」

芙列雅傳喚了自己的隨從後，隨從便拿出鑑定紙遞了過來。

然後，芙列雅教我如何使用鑑定紙。

我按照她所教的使用鑑定紙，結果和我用【翡翠眼】看到的相同。只是上面無法看見等級上限和天賦值。

「我的職階是……回復術士。」

話語剛落的瞬間，芙列雅的表情微微扭曲。眼神中也混雜著鄙視之意，但轉眼就消失了。

原本還期待我會成為新的戰力，在發現根本派不上用場後就對我失望了吧。

「凱亞爾，能讓我看看你那份鑑定紙嗎？」

「請看。」

她嘴上依舊掛著笑容，打量我的狀態值。

想必她此時一定在內心做了不少盤算吧。

她就是這樣的女人。

她在之前的世界所下的結論，是就算稱不上戰力，只要把我放在隊伍中就能讓經驗值有兩倍成長，相當划算。

儘管能獲得一定數量的聖靈藥，但畢竟還是想節省這種貴重道具的支出。何況，即使我本身無法作為戰力使用，但還是能協助因傷而退下第一線的英雄們重生。

做出了這種冷酷盤算的結果，就是承認我勉強有存在價值。如果不是這樣，那她早已選擇殺了我，試著賭看看讓其他勇者誕生的可能性了吧。要讓僅能存在十人的勇者重新出生在世上，就只能殺了現存的勇者。

對清楚這件事的我來說，能清楚看見隱藏在芙列雅那表面笑容底下的真面目。就在我們聊著些無傷大雅的話題時，搭乘的馬車已經抵達王都。

循著我的記憶繼續進展下去的話，我接下來會接受幾天的教育，之後會命令我去治療一名【劍聖】，無法承受【恢復】的副作用帶來的痛楚與恐懼的我拒絕使用【恢復】。只是王家不允許這種事發生，就把我調教成藥物成癮者。

王家只把我當作道具看待。所以無論多麼殘忍的事都幹得出來。

但是現在的我並不會一味被他們利用。既然想把我當作道具使用，那我就毀了你們。就如同公主在笑容後面隱藏著自己的真面目，我也同樣是披著人畜無害的羊皮，內心卻潛藏著復仇之火的惡鬼。

……然而他們還沒察覺這件事。

第五話 回復術士被邀請至王都

在馬車上一路搖搖晃晃，最後我們抵達了王都吉歐拉爾。

正如其名，是吉歐拉爾王國的首都。

吉歐拉爾王國位於人類支配領域的最南端。在那前方的是魔王與魔族的支配領域。總括來說，吉歐拉爾王國對人類而言是防止魔族入侵的防波堤。

基於這個理由，吉歐拉爾王國受到世界各國的支援，這也與該國的強大息息相關。

支援的內容不僅是糧食及金錢，還有工學技術、魔道技術以及人才等各方面領域，而且由於在最前線與魔物作戰，具有壓倒性的實戰經驗，相輔相成之下，吉歐拉爾王國毫無疑問地是最強大的國家。

然而，最近卻以透過支援得到的力量為後盾，開始進行強硬交涉，催促更多地方給予支援，做出許多貪得無厭的事。由於這裡是人類與魔物戰鬥的最前線，不僅圍繞王都的防壁異常地高大厚實，除了物理防禦外甚至還施加了魔術防禦的效果。

而且上頭還配備了無數的兵器。

「真是壯觀的防壁啊。」

「呵呵，光因為防壁就吃驚可不行喔。真正驚人的在城鎮裡面呢。」

我們穿過厚實的鐵門，進入城鎮裡面。

「請看，這街道很美麗對吧。」

才剛進入城鎮，身為【術】之勇者的芙列雅公主就發出天真無邪的欣喜聲音。馬車馳騁在吉歐拉爾整頓得十分漂亮的街道上。

如她所說，街景的確非常美麗。

以考慮到流通而設計的寬敞筆直的主要街道為中心，道路被整備成所謂的棋盤狀。建築物為了應對火災皆以磚瓦製成，富有格調。

這個鎮上的一切井然有序，沒有絲毫浪費。

在這條美麗的街道來往的人潮勝過其他任何街道。生意盎然充滿活力，笑聲不絕於耳。

「的確很美呢。」

我沒對身為公主的芙列雅畢恭畢敬。

因為是芙列雅要我這麼做。她說既然同為勇者就是對等關係，無須畢恭畢敬。芙列雅明明是公主，但卻想扮演沒有架子容易親近的人物，那我就配合她吧。

「沒錯，這是我引以為豪的城鎮！我們就是為了守護這漂亮的城鎮和大家的笑容，才挺身而戰！」

「芙列雅真了不起。」

「啊，對不起，那個……有點興奮過頭了，可是，如果我們的力量能守護大家的笑容，那真的很棒對吧。」

我用笑容回應芙列雅的微笑。啊，不行。我的笑容都快僵掉了。

芙列雅所說的每句話都是滿滿的心機。無論是天真無邪的舉止、還是少根筋的地方、天真爛漫的笑容，甚至是想守護王都的純真心願。

這每一件事，都是為了要把我束縛在這國家的演技。

【術】之勇者芙列雅就是做得到這種事的女人。

知道內情的我光是要忍住不吐出來就煞費苦心。

況且基本上，王都本身早已汙穢不堪。

因為建設王都的這塊土地，是從亞人那裡奪過來的。

吉歐拉爾王國看上豐饒且寬闊的這塊大地，接連燒燬了亞人們的村子，虐殺抵抗的亞人，存活下來的就當作奴隸確保勞動力，才打造出這個城鎮。

正因如此，才能以最適合流通的設計建立這個城鎮。

畢竟是把原本存在的亞人村落先破壞殆盡，才有辦法在這為所欲為。

漂亮的街道、各種美麗的建築物、充滿歡笑的人群。

在這些事物的背後，有著為此犧牲的人們留下的痕跡，到處都是套著項圈，被人恣意使喚的亞人奴隸。

儘管在王國禁止「人類」的奴隸，但亞人奴隸不在此限。畢竟王國對待亞人的方式與野獸無異。而且亞人存在著真名，應用召喚術就能讓他們絕對服從。亞人沒有人權會比較方便，因此默認了這種奴隸的存在。

這真的是……

「這美麗的城鎮，簡直就像芙列雅一樣呢。」

我將心裡想的話脫口而出。

漂亮的表面以及染成一片漆黑的內在。正如芙列雅這個人。

「好開心。畢竟這是我引以為豪的城鎮。所以這比任何誇獎都打動我的心。」

芙列雅擺出精心算計的完美笑容。絲毫沒察覺我在諷刺她。

芙列雅再次將視線移至窗外。

趁這個機會，我用【翡翠眼】查看護衛的騎士們。

這是為了確認他們的強度。

在逃走時得先對這些傢伙的強度有個底。畢竟是公主的護衛。應該全都是超一流的騎士。那麼只要有足以制服他們的實力，就表示我能高枕無憂地逃走。

護衛騎士有六人，全員都具有同等強度。我注視其中一人。

種族：人類　　　　　　　　　姓名：馬爾格爾特
職階：騎士　　　　　　　　　等級：31
狀態值：
ＭＰ：57／57
物理攻擊：63　　　　物理防禦：63　　　　魔力攻擊：31
魔力抗性：44　　　　速度：57
技能：
．劍術Ｌｖ3　　　　．體術Ｌｖ2
特技：
．劍術補正Ｌｖ3：騎士特技，使用劍時的攻擊力上升補正。
．騎乘補正Ｌｖ2；騎士特技，騎乘時的速度上升補正。

是名為騎士的物理型職階，具有不錯的物理攻擊與物理防禦的狀態值。等級也很高。普通人的等級上限約在20～30，他明顯凌駕在那之上。

不愧是被委任為王族禁衛騎士的人。

儘管每個人覺醒的職階會有例外案例，但一般會和那個人類成長的環境有著密切關係。

他們恐怕是在騎士世家出生，所以從小就被當作騎士扶養長大吧。

我把力量更加集中在翡翠眼，窺探隱藏的情報。

等級上限：32
天賦值：
MP：40
物理攻擊：90　物理防禦：90　魔力攻擊：40
魔力抗性：60　速度：80　合計天賦值：400

很遺憾的，雖然等級幾乎已經達到上限，但天賦值也毫不遜色。不僅合計到達400，點數的分配也無可挑剔。要是現在與這傢伙進行肉搏戰，我應該會手無縛雞之力任憑他宰割吧。

我關閉【翡翠眼】。

原來如此，要是沒有制服他的力量就沒辦法逃走嗎？看來得費一番工夫。

我的狀態值完全偏向術者，物理攻擊力、物理防禦力都很低，原本就不擅長單獨行動。有必要檢討一下是否要透過【改良】來調整天賦值的分配。

然後我也確信了。假設這是最頂尖的戰士，那麼只要提高足夠的等級就有可能殺出重圍。

「凱亞爾，怎麼了嗎？」

芙列雅把視線從窗戶移到我身上問道。

「因為想到待會就要踏入王城，開始緊張了。」

「這也沒辦法。但你不需要擔心。凱亞爾因為出身的關係沒學過禮儀規矩，還有被我強行帶來的事情大家都很清楚，所以大部分的事都會睜一隻眼閉一隻眼。」

這女人真的是無懈可擊。

於是，我們搭乘的馬車就這樣穿過街道，進入了王城之中。

◇

抵達王都後，我和芙列雅分開行動。

派了五名女僕照料我，不僅讓我入浴，還幫我穿上了奢華的衣服。

接著還教我最基本的禮儀規矩。看樣子再過幾個小時我就得去晉見國王。這是最令我感到厭煩的事了。

另外，在場的女僕個個都是實力派。

令人驚訝的是她們與剛才的騎士在狀態值上並沒有太大差異。

這些女僕大概也負責監視我吧。就在我順其自然接受這一切安排後，不知不覺時間到了。

好了，我也算是很久沒晉見國王了。

當時的我歡欣雀躍，沉浸在被選為勇者的優越感，陶醉於芙列雅充滿魅力的表面，憧憬著第一次見面的國王這種存在，內心被這些吸引。而且，也因為自己能成為拯救大家的英雄，實現這個夢想而雀躍不已。

然而，如今的我極其冷靜。映在我現在的眼裡，國王究竟會呈現什麼模樣呢？這倒是令我有點期待。

第六話 回復術士轉大人

為了晉見國王，女僕幫我清潔身體並換上準備好的服裝，灌輸我最基本的禮儀規矩。之後我就被傳喚到晉見之間，這房間的格局著實不愧這個名號。

當我在女僕們的陪同下來到門前，與隨從一起前來的芙列雅也跟我會合。

芙列雅從魔術士的打扮換穿成優雅的禮服。

「凱亞爾，你看起來截然不同，嚇了我一跳呢。你也很適合這樣的衣服喔。」

「謝謝。芙列雅也非常漂亮。」

「呵呵，真會說話。不過我很開心。」

彼此說著沒有內容的話語。這就是所謂的社交辭令。

接著晉見之間的門開啟，我們踏入門內。

◇

「勇者一行人前來晉見。」

當我踏入門內，宏亮的聲音響徹整個房間。
寬廣到像開玩笑般的房間，被設置在內部的森嚴又奢華的王座。
在比其他地方更高一層之處，坐著一位年邁的男性。
看似這國家重鎮的貴族們在其左右並肩而立。
只是為了迎接一介村民居然如此勞師動眾，不，仔細想想這也是當然。
畢竟勇者的存在就是如此超乎常理。
一般來說人的等級上限被設定在20～30，沒辦法再變得更強。
然而勇者卻能永無止盡地變強。而且還擁有讓包含自己在內的隊伍全員獲得兩倍經驗值的特技。再加上男性勇者甚至還有可能提高其他人的等級上限。
只要鍛鍊到極致，就能將原本具有的職階再進化到更高層次的特性。
勇者這種存在，僅僅一人就可勝過千軍萬馬。
女僕們催促著我走向國王身邊。
然後我就按照剛剛才學的禮儀規矩當場低頭跪下。並在低頭的那一瞬間對國王使用了【翡翠眼】。我把力量集中在眼睛，瀏覽他的等級上限還有天賦值。

種族：人類（？）　姓名：普洛姆
職階：魔法騎士　等級：41☆　等級上限：41

狀態值：
ＭＰ：153／153
物理攻擊：81　物理防禦：67　魔力攻擊：81
魔力抗性：75　速度：55
天賦值：
ＭＰ：90
物理攻擊：93　物理防禦：75　魔力攻擊：92
魔力抗性：84　速度：60　合計天賦值：494
技能：
・劍術Ｌｖ３　・攻擊魔術（火、雷）Ｌｖ２
特技：
・ＭＰ回復率提升Ｌｖ２：魔法騎士特技，ＭＰ回復率會上升補正一成。
・攻擊魔法威力提升Ｌｖ１：魔法騎士特技，攻擊魔法會向上補正。
・劍術補正Ｌｖ３：騎士特技，使用劍時的攻擊力上升補正。

我關閉翡翠眼。
令人吃驚，這也太強了。明明不是勇者但合計天賦值卻將近500。

階。

而且除了速度以外都在平均以上，還是能同時使用物理攻擊和魔法的魔法騎士這種優遇職

更何況等級上限還突破40，一般人根本不可能有這種能力。他是貨真價實的怪物。

順帶一提，等級旁邊附的☆號是達到等級上限的證明。

這用鑑定紙也可以確認。這麼說起來，我曾聽說王家會引進勇者的血統，藉此永續創造強大的血脈。這樣的話就能理解為何他會如此強大。

但是我在意的是關於「人類（？）」這個記述。第一次見到這樣的標記。

不會錯的，這傢伙肯定幹了什麼傷天害理的事。

「來得好。新的勇者啊，把頭抬起來。」

「是，陛下！」

我照他的吩咐把頭抬起，與此同時進行思考。要逃走時至少還是得趁國王不在時動手。畢竟國王的戰鬥力是個威脅，況且只要他不在，那隨侍在旁的精銳士兵也不會出現。

「嗯，表情很好。我已從芙列雅那聽說你的職階是回復術士，沒錯吧？」

「是，正如公主所說。」

國王在一瞬間露出了失望的表情。畢竟回復方面可用其他手段彌補，他對勇者所追求的應該是直接的戰鬥力吧。國王收起自己的表情並開口說道：

「回復術士的勇者，那正是我國最為期盼的戰士。對於你能覺醒這股力量我感到很欣慰。

就賜予你【癒】之勇者的稱號吧。」

「光榮之至。在下凱亞爾，今後會以【癒】之勇者之名自稱。」

我國期盼的？說謊也不打草稿。我壓抑內心的憤怒，對國王獻上感謝的話語。

「【癒】之勇者啊。由於與魔族長久以來的戰鬥，導致好幾名英雄與賢者變得無法繼續再戰。其中也有許多人的傷勢甚至用傳說中的聖靈藥也無法治癒。如果是特化治癒能力的勇者，或許就能治療他們。」

「畢竟我還沒實際使用過，不能保證。」

「不，既然你身為勇者，肯定能治療他們吧。一個星期後，這國家最強的【劍聖】將會造訪王城。如果單論劍技，她甚至凌駕於那知名的【劍】之勇者。」

【劍聖】，真懷念的稱呼。無論如何都希望能複製到她的技能。她和依賴狀態值僅靠蠻力的【劍】之勇者不同，【劍聖】的劍技既美麗又俐落。

「關於那名【劍聖】，她前些日子在打倒高階魔族時失去了右臂。我希望你能不惜一切治好她。在那之前，就好好學習何謂勇者吧。我已為你準備了最出色的教師群。」

我一邊對國王的話左耳進右耳出，一邊重新認識到歷史重演的事實。

我第一次的【恢復】就是用在【劍聖】身上。一開始的對象就是【劍聖】實在太不走運。

使用【恢復】得了解對方所期望的正常狀態，因此術者也得體驗到對手的一切、經驗，以及至今承受過的痛楚。

【劍聖】那跨越成千上萬戰場的經驗，對於一介村民的我來說實在太過沉重。所以儘管我治療了【劍聖】，但卻把自己逼得差點發瘋。因此而埋下陰影，讓我不敢再使用【恢復】，結果就被弄成了藥物成癮者。

「我明白了。我會將一己之力奉獻給這個國家。」

「嗯，這個心態不錯。可以下去了。」

就這樣，我遵循著前次的歷史結束了晉見。

◇

晉見國王之後我被贈予了房間，還派了專屬教師讓我能埋首學習。

他們教導了我冒險時必要的知識、一般教養、禮儀規矩等各式各樣的知識。

我重新認識到在這個階段，他們還打算把我當作一個正當的勇者來對待。

在念完書後會有簡單的劍技訓練。儘管回復術士無法習得劍技能，但還是可以用來護身。

接著就是用完餐和洗澡。轉眼間就到了晚上。我躺在國家送給我的豪華套房的床上。這是還在村子時完全想像不到的優質床舖。或許是累積了太多疲勞，莫名充滿睡意。

正當我要失去意識時，聽見了門打開的聲音。我望向聲音的來源。

結果有位年輕女性踏入了我的房間。

進來的人是一開始介紹的女僕。擁有匹敵這國家精銳騎士之力，也是我的監視者。

「勇者大人，我……我對勇者大人一見鍾情。請您務必抱我。」

她穿著一件單薄貼身的煽情衣物。

那名女性就這樣推倒我，開始脫起衣服。

「住手，快住手！」

「雖然您嘴上這麼說，但這裡不是挺有精神嗎？」

「真的不要這樣。為什麼要做這種事？」

「說過了吧。我已經墜入愛河。我會好好引導您的，請不要感到害怕。」

「大姊姊，請妳住手……」

儘管我拚死抵抗，然而我等級卻是1。何況才剛成人不久，在狀態值差距之前根本束手無策。結果就被強硬侵犯，遭到玷汙。

「好怕，我好怕啊！」

在被玷汙時，姑且不論精神年齡，畢竟我實際年齡是才剛滿成年的十四歲，因此自然而然地扮演了一名純真的少年。看樣子這似乎啟動了她女性的開關，相當愉悅地凌辱了我一番。隨後女性離去只剩我一人，我不禁笑了出來。

連這種地方都和第一輪一樣啊。

「一開始其實還滿開心的。」

健全的男人被一名煽情又美麗的年輕女性硬上，這對曾是處男的我來說怎麼可能不開心。

然而，這次沒辦法坦率地開心。因為我知道她的真正目的。

她的目的有兩個。

一個是對我懷柔。一旦勇者沉溺於肉欲就很容易操縱。

另一個，就是解放等級上限。

勇者不僅能解放自己的等級上限，如果是男性勇者，只要將生命之源直接注入對方體內就能讓對象的等級上限提升一級。

雖說如此，一天中就算做再多次也沒有意義。因為精液不濃就不會成功。

簡單來說，只要和勇者上床就能變強。

仔細想想，那些女僕之所以會莫名強大，或許是她們就是以此為主要目的才來擔任女僕的一流女冒險者吧。等級的差距能克服微小的天賦值差距。

「接下來會每天換人嗎？」

那些女僕們會以提高等級上限為目的而每晚襲擊過來。

反正也無從抵抗，就好好享受吧。幸好所有人的外表都還不錯。

◇

自從我來到王城已過了一週。不僅習得了不少知識，也開始習慣夜間的行為。

至少現在還只讓女性跟我做就該值得慶幸。

在被弄成藥物成癮者那段期間，還會毫不留情地讓我和男人上床。

就算是男人，只要能提高等級上限就會很樂意地為我口交。人類為了變強，無論什麼事都能忍受。

這也是讓我決心復仇的原因之一。

我絕對不會忘記這份屈辱。

然後，命運之日終於到來了。

就是他們判斷我作為回復術士完全派不上用場的這一天。

芙列雅公主判斷我作為一名正常的勇者沒有利用價值，決定要把我當作家畜操到死的這一天。

我將會被傳喚出去，在某間房間和一名少女相遇。

【劍聖】克蕾赫．葛萊列特。

與擁有這個世界上最美劍技的美少女相遇。

第七話 回復術士燃起復仇之火

【劍聖】克蕾赫．葛萊列特。

這個姓名在吉歐拉爾王國可說是無人不知無人不曉。

葛萊列特家是最強的劍之一族，是身為吉歐拉爾王國之劍而備受敬畏的貴族名門。

他們的一切行動都是為了要創造出最強的劍士。持續引入強勁的血脈，特化為劍士的子孫可說是人才輩出。這種行為趨近瘋狂。傳聞當他們判斷外界沒有值得引入的強勁血脈時，為了不讓血統變淡甚至會若無其事地讓近親通婚。

在這數百年間為了窮究劍之極致而特化的這條血脈，在葛萊列特家的子孫身上顯現出了某個職階。

其名為……【劍聖】。

透過研究，人類明白血統和成長環境會與覺醒的職階息息相關。

而在這世界唯一取得【劍聖】職階的，就是葛萊列特家。

況且，他們受惠的不僅是狀態值還有職階，葛萊列特的劍技就算以純粹的劍術來說也是最強。這些多彩的劍技已堪稱藝術，那並非是用來裝飾，而是經由無數實戰背書，用鮮血與鋼鐵鑽研出來的成果。

在葛萊列特一家之中，克蕾赫．葛萊列特更是被評價為史上最強的天才。

「無論付出多少代價，都想得到葛萊列特的劍技。」

當時的我實在太不成熟，所以在【恢復】克蕾赫時沒辦法將她的經驗深深烙印在腦海裡。畢竟當時因痛苦和恐懼沒時間想那麼多，就連【恢復】的熟練度也遠遠不夠。在那之後吸收了無數的經驗導致【劍聖】的經驗被洗掉，白白浪費難得能獲得世界頂尖劍技的機會。

——但是這次不會再這樣了。

我要確實習得葛萊列特家的劍技。

我無法獲得【劍聖】這一特殊職階專屬的特技。

但是只要能複製到【劍聖】的技能，就算不及【劍聖】本人，也能夠完勝大多數的近戰職階。

◇

正當我一如往常勤奮地上著講座課程時，有名女僕來傳喚我。

「【癒】之勇者大人。【劍聖】大人已經駕到。現在正在萊娜拉之間等候。請讓我們好好見識【癒】之勇者的力量吧。」

我露出苦笑。第一輪的我此時可是充滿幹勁啊。

愚蠢地被芙列雅的外表所吸引，沉浸在和女僕們的肉欲關係之中，以為自己就是個英雄，滿心想讓她們看到我帥氣的一面。

現在也充滿著幹勁。然而，那純粹是以習得【劍聖】的技能為目的。

……我的等級也提升到勉強能使用【模仿】的程度了。

種族：人類　姓名：凱亞爾
職階：回復術士、勇者　等級：5
等級上限：∞
狀態值：
MP：27／27
物理攻擊：10　物理防禦：10　魔力攻擊：16
魔力抗性：18　速度：17
天賦值：
MP：110
物理攻擊：50　物理防禦：50　魔力攻擊：105
魔力抗性：125　速度：120　合計天賦值：560

技能：
・回復魔法Lv2
特技：
・MP回復率提升Lv1：回復術士特技，MP回復率會上升補正一成。
・治癒能力提升Lv1：回復術士特技，回復魔法會向上補正。
・經驗值上升：勇者專用特技，包含自身在內，隊伍將取得兩倍經驗值。
・等級上限突破（自）：勇者專用特技，解放等級上限。
・等級上限突破（他）：勇者專用特技，將灌注了魔力的體液給予他人，就有低機率可以使他人的等級上限＋1。

我的等級已升到5。
沒有與魔物戰鬥卻能提升等級，祕密就在於我第四招【恢復】——【掠奪】。
當我使用【恢復】朝對方注入魔力時，會連接一條魔術性質的通道。
這條通道是雙向，只要有那個心就能奪走經驗值和魔力。只不過已經轉變為等級成為肉體一部分的經驗值無法奪取。能奪取的就只有還沒達到下個等級之前的浮動經驗值。
這正是趁夜晚襲擊我的那群得意忘形的女人露出毫無防備的痴態時奪走的。於是，我變強到至少能夠使用【模仿】的程度。

因為能用【掠奪】，所以我判斷這樣也能放心被囚禁起來。

儘管會如同家畜一般被強迫要求治療許多人類，然而也能從中奪取經驗值持續提高等級。

接著，只要獲得所有目標的技能，達到能確實逃走的等級之時，我就要按照前世訂下的約定，破壞芙列雅的一切，這次一定要讓她成為我的玩物。

◇

為了與【劍聖】克蕾赫．葛萊列特見面，我造訪了萊娜拉之間。

萊娜拉是象徵這國家的一種帶有藍色的白色花朵。這種高雅美麗的花朵無國民不愛。

而萊娜拉之間是室內庭園。四處綻放著五彩繽紛的花朵，是城內最美麗的地方。

聽說這是依照芙列雅的品味所建造的，那女人性格惡劣但品味似乎不錯。不，這根本只是大手筆地隨便亂花錢，品味果然很差。

正當我腦裡產生這種想法時，先到的客人注意到了這邊。

「你好。莫非你就是【癒】之勇者大人嗎？」

身穿方便行動，沒有任何裝飾的白色騎士服的少女向我搭話。

無懈可擊的氛圍，刺傷皮膚的劍氣，以及俐落的舉止。

就算我不認識她，大概也察覺得到她是什麼人。

「我是【癒】之勇者凱亞爾，國王命令我前來治療妳。我有聽過妳的傳聞，能和妳相遇感到很榮幸。【劍聖】克蕾赫・葛萊列特。」

肯定不會錯。她就是最強的【劍聖】。

一頭銀色的長髮，雖然面無表情但惹人憐愛，這樣的少女居然會是劍聖。沒有實際見到任誰都不會相信吧。

「你好像知道我呢。容我重新自我介紹。我叫克蕾赫・葛萊列特。曾經是【劍聖】。」

她說「曾經」。

理由很單純。她的右手不見了，袖子鬆垮地下垂。

高階魔族。打倒了連勇者都無法單槍匹馬挑戰的對手，代價就是失去了自己的劍。

「那讓我立刻幫妳治療吧。」

「嗯，麻煩你了。這傷就連用聖靈藥都無法痊癒。我現在也只能寄託你的力量了。」

克蕾赫緊咬下唇。畢竟葛萊列特是為劍賭上一切的一族。

既然無法用劍，那她就毫無任何存在價值。

不，還有一件事能做。那就是生孩子。她今後將為了留下強力的後代而被強迫活下去，因為她是最強的【劍聖】。如今這個職階對她反而是種折磨。

「克蕾赫，能請妳背對我嗎？為了使用【恢復】得看著妳的背後才行。」

克蕾赫點點頭後轉身背對我。不過需要看背部根本就是個大謊言。

真正的目的是為了使用【翡翠眼】。

姑且不論其他的對象，要瞞著她使用【翡翠眼】是不可能的。

好了，讓我見識【劍聖】的力量吧。

種族：人類　姓名：克蕾赫
職階：劍聖　等級：45
等級上限：51
狀態值：
MP：169／169
物理攻擊：122　物理防禦：86　魔力攻擊：70
魔力抗性：86　速度：103
天賦值：
MP：91
物理攻擊：128　物理防禦：90　魔力攻擊：72
魔力抗性：90　速度：109　合計天賦值：580
技能：
・神劍Lv5　・看破Lv5

特技：
・神劍能力提升Ｌｖ３：劍聖專用特技，神劍的速度、威力會上升補正。
・氣息察知Ｌｖ３：劍聖專用特技，看破的感測範圍、感測速度會上升補正。

好強！
這怎麼回事？根本做壞了啊。
合計天賦值是勇者水準。而且這等級上限之高，從來沒聽過高達50級的人。天賦值的配點也很藝術。只有對【劍聖】必要的項目很高，不必要的項目都偏低。
再加上劍技的技能中屬於最高階的神劍。
在近距離戰鬥中擁有壓倒性優勢的看破。
這些還會再藉由特技進一步強化。
怪物。在一對一的狀況毫無疑問贏不了【劍聖】。
就算是勇者，要戰勝她不是得拚命練等吃死她，再不然就是多人同時挑戰她吧。
「已經可以了嗎？」
「嗯，足夠了，開始治療吧。」
我想儘快將神劍與看破技能據為己有。儘管無法連特技一併【模仿】，但只有要神劍和看破就足夠了。

「請等一下！」

正當我打算開始治療，【術】之勇者芙列雅衝了進來。

還帶著一名老人。

「芙列雅，到底怎麼了？」

「我也想親眼看看凱亞爾使用【恢復】的狀況。」

想起來了。記得第一輪時也是這樣。陪同在她身旁的老人是魔術研究主任。

不論規模大小，勇者都存在著能將職階特技提升一個次元的特異性。

她是為了確認這點才把魔術研究主任帶過來的吧？

「嗯，儘管看吧。」

「我也不介意。」

畢竟沒有拒絕的理由，也不認為有辦法拒絕。好了，開始吧。

表面上這算是第一次的【恢復】。將會有難以想像的痛楚朝我襲來吧。

就算現在的我知道將會產生疼痛，但是我還沒在這個世界體驗過。

能忍住的機率算是一半一半。只要重複到某種程度就能對痛覺產生抗性，大腦也會變得能夠自主性地分泌出麻藥。

但是現在沒辦法期待。只能正面與痛楚一戰。

從一開始就得做好覺悟。

「要上了，【恢復】！」

就在這個瞬間。

【劍聖】克蕾赫．葛萊列特的所有經驗朝我襲來。

從幼年期就開始的訓練，根本就只是虐待。

被鮮血點綴的每一天，數以千計的戰場。

精疲力盡的身軀，沾染敵人和自己鮮血的日常。

當然了，克蕾赫才十幾歲。十幾歲等級就超過了40，這種人類的日常絕對不會平凡。每天都是地獄。殺，殺，不斷地殺戮……

好痛，好痛苦，好可怕，救我。

「啊……啊……啊……」

我叫出聲音，焦點開始模糊。

在一瞬間嘗盡了克蕾赫．葛萊列特一生所體驗的地獄。我流下眼淚，壓抑想要撕裂喉嚨的這股衝動。一經發動的【恢復】無法靠自己的意志停下。

儘管我這個存在趨近崩壞，但依然發揮了應盡的功效。

克蕾赫．葛萊列特的右臂重生。而且還維持著全盛期的膂力。將附著在那隻手臂上的經驗、習慣甚至是反射動作都完美重現。

當治療結束時，我全身痙攣，一邊流著眼淚和口水倒了下來。

「治好了，真的治好了我的手臂？太驚人了，這是奇蹟！這樣我就還能繼續戰鬥！」

克蕾赫．葛萊列特的聲音響徹整個房間。我則以朦朧的眼神注視著她。

儘管已對疼痛做好心理準備，沒想到居然如此劇烈。

算了，在第一輪可是直接昏過去，多少也算是有進步。畢竟我現在還有意識。拜此所賜也確實地【模仿】到了。神劍與看破已經是我的了。

「謝謝你，凱亞爾……呃，你不要緊吧？」

因喜上眉梢導致視野變狹窄的克蕾赫回過神來，似乎總算察覺到我的狀況了。她慌張地扶我起來。她有健全的人格真是讓我意外。

我裝作不省人事。目的是為了誘使芙列雅大意。

我在閉上眼睛的同時豎耳傾聽。看來克蕾赫被以妨礙治療的名義趕出了房間。

離去時克蕾赫說了一句令人開心的話。

「等凱亞爾清醒請幫我轉告他：非常感謝你再次給予我揮劍的機會。我絕對不會忘記這份恩情。總有一天定會傾注我克蕾赫．葛萊列特的全力，報答這份恩情。」

真是個好女孩啊。好了，留下來的芙列雅會怎麼做呢？

正當我思考這件事時，芙列雅開口說道：

「就連唯一的優點【恢復】都沒辦法好好使用，或許沒救了呢。我已經把能回收的人才列出名單了說，看來可能要白費工夫了。」

沒察覺到我尚有意識，芙列雅終於顯露出原本的自己。

相對的，研究主任那位老人看起來莫名愉悅。

「芙列雅公主，這很驚人啊。這個男人使用的並不只是單純的【恢復】！」

「這就只是治療吧？有什麼不同嗎？」

「截然不同，層次完全不一樣。原本的【恢復】是透過魔力將自我治癒能力活性化。也就是說，人體只能治療可以自力痊癒的傷勢。被剜出來的眼珠無法塞回去，斷裂的手臂也長不回來！然而他的【恢復】不同。是分解、重新構成。從無創造出來，或者是回溯時間。不論是哪種都是神的領域！太令人興奮了。這個祕密一定和他痛苦得如此不尋常這件事有關。我第一次看到會有這種反應的回復術士！我想調查他，只要能解開這個，我就……我就……！」

啊，這傢伙不妙。儘管假裝昏迷不醒但我依舊感到恐懼。

「這樣啊，那表示這玩意兒還有用處嘍。不管要下藥還是洗腦都沒關係。反正他會以痛苦為由拒絕【恢復】。那至少要讓他能【恢復】二十個英雄左右，你負責讓他撐到那個時候。在那之後就算完全壞了也無妨。反正到時也回收了足夠的利用價值。」

「遵命。我會為了能取得更多資料，溫柔地把他搞壞。呵呵呵，既然他會感到痛苦和恐懼，不如就先用魔術催眠他，再下藥讓他沉溺於快樂之中如何？」

於是，我的命運就這樣決定了。原來芙列雅在這個階段就決定捨棄我了。

我很清楚妳的想法了。

「之後就交給你了。真是的，一想到這種派不上用場的跟我同樣都是勇者就讓人作嘔。就連要回收利用價值都要費工夫。」

芙列雅離開房間。

而我則是拚死壓抑住自己的笑意。

我可是打從心底高興呢。

那個女人是人渣。

無可救藥的人渣！

啊……謝謝妳。真的很感謝妳。妳和第一輪一樣，依舊是個貨真價實的人渣。

這樣我就沒有任何猶豫，可以毫不留情地展開復仇！

當我【模仿】完妳名單上所有英雄的技能時，就是妳的死期。

第八話 回復術士變成狗

我清醒時，發現自己身處白色的房間。

映入眼簾的是一個正瞪大著雙眼的老人。

「哇！」

我不由自主地發出了驚訝的聲音。

「怎麼了！」

對方也被我嚇到跟著發出了走調的聲音。冷靜下來，首先要分析狀況。

想起來了。原本我假裝自己不省人事，結果後來真的失去了意識。

克蕾赫．葛萊列特這名少女為了在她那個年齡達到最強水準，走過了宛如地獄般的道路，而我在一瞬間經歷了那一切，在精神上受到相當大的打擊。

而且我對這房間也有印象。這裡是病房，在眼前的則是魔術研究主任。

這恐怕不是透過醫生幫我診療，而是在檢查我的魔力迴路是否有異常吧。

「終於清醒了嗎？【癒】之勇者啊。你身體有沒有異狀啊？」

好了，該如何回答呢？老實說身體並沒有任何異狀。

和第一輪不同，由於我有知識，事先也做了準備，總算是沒有壞掉就了事。

然而一旦考慮到我的目的，就不能說我沒有異狀。

要是這時說：「沒有任何異狀。好啦，儘管把想要治癒的傢伙都帶來吧」，歷史就會改變。

我可不希望這樣。為了能確實地復仇，就循著之前的歷史走下去看看吧。

「咿……別過來……別過來，我不要了，那麼痛的……那麼恐怖的……我受夠了！」

我一邊回想第一輪的經驗一邊演戲。

我記得……應該是一次就埋下了陰影，不願意再次使用【恢復】而採取自我防衛的舉動。

就把手邊的東西隨便丟過去嘶吼看看吧。首先是枕頭。

「冷靜，冷靜點，沒有人要勉強你使用【恢復】。你先和我說說話吧。」

「真的？」

試著稍微把性格退化成幼兒。儘管這演技看來有點浮誇，但普通人在短短一瞬間感受到和劍聖相同經驗的話，的確會變成這副德性。她的經驗就是如此壯烈。

「真的，當然是真的。所以跟老夫說幾句話吧？」

在聽他講話的同時，我表現出慢慢冷靜下來的態度。讓眼前的魔術主任深信自己煞費苦心才緩和我的情緒。

「首先，可以告訴我你為什麼會倒下嗎？」

「在使用【恢復】的瞬間，【劍聖】的事就流入我的腦海裡，像是那個人至今受過的傷、疼痛，還有訓練或是戰鬥什麼的全部都滿溢出來，當我注意到時就變成那樣了。」

聽到我的說詞後，研究主任露出了弔詭的目光。

「原來如此，一般回復術士的治療步驟只是加強對方的自我回復力。因此不需要確認對方的肉體狀況。然而像【癒】之勇者的【恢復】會把缺損部位完全重現，為此這是必要的工程。真有趣。」

我有點驚訝。他把我的力量推測得相當正確。

是個優秀的魔術士。我趁他滔滔不絕時看準時機使用了【翡翠眼】一觀，然而他的等級和天賦值充其量只是標準水準。

想必是純粹腦袋很好，埋首於研究的那種類型吧。他忠於自己的求知欲鉅細靡遺地盤問了我許多事。陪他聊了一段時間後便有客人來了。

「我一聽說凱亞爾清醒就趕來了。我很擔心你呢，突然就倒下……讓我實在坐立不安。」

能夠口是心非到這種地步實在值得敬佩。

無論舉止還是表情都很完美。看起來真的宛如打從心底為我擔心。

「芙列雅，謝謝妳為我擔心。」

「幸好你沒事。【癒】之勇者的力量真的很驚人呢。居然能治好連聖靈藥都無法治療的【劍聖】的右臂。爸爸聽到報告後也相當開心。」

芙列雅對我嫣然一笑。

「不，沒有那麼了不起啦。」

「很了不起的。」

她探出身子，抓住我的雙手。

「【劍聖】的力量勝過千名士兵。【劍聖】今後還會再繼續打倒魔物和魔族吧。之所以能做到這點都是因為你治好了她。換句話說，這是你的功勞。不愧是【癒】之勇者！」

誇獎到令我作嘔。

如果考慮到這些話背後有何考量，不難猜到她接下來會說什麼。

「哪裡，要努力的人是【劍聖】克蕾赫。」

「真是謙虛……」

芙列雅露出了甜蜜的微笑。接著繼續開口。我心裡嘟囔著：「看，來了。」

「剛才的話還沒說完。其實，明明有強大力量卻無法戰鬥的人，在這個國家並非只有【劍聖】而已。是否能仰賴【癒】之勇者凱亞爾的力量，去拯救那些英雄呢？到時用【癒】之勇者凱亞爾的力量治療的人們，將會拯救更多的人。我已經把【弓神】找來了。請用你的力量治療他吧。」

沒錯，芙列雅方才會百般讚揚我就是為了要說這個。要刺激我的良心堵住我的退路。實在很像芙列雅的作風。不過我可不會上當。

「等等！」

我發出幾近悲鳴的聲音。

「不要，我不敢再使用【恢復】了！那很恐怖，很痛啊！如果繼續使用那股力量，我會壞掉……會變得不再是我！」

我用沒出息的聲音朝著芙列雅講出洩氣話。

芙列雅故作驚訝。

「那股力量……居然有這種副作用……但是，只要用你的力量治療別人，他們越是努力就越能拯救更多的人。那將會是數千，數萬人。所以，能請你再試著稍微努力一下嗎？」

芙列雅露出宛如聖母般的微笑，用溫柔的聲音說道。

「不要，芙列雅不知道那種感受才說得出這種話。我真的沒辦法。我……絕對不會再使用【恢復】了！」

我堅決地說道，然而芙列雅的笑容依舊沒有消失。

「是嗎。你居然會如此難受……我明白了。這也無可奈何。你不願使用【恢復】也無妨。現在就先好好休息一下吧。」

說完這句話後我們稍微閒聊了一下，過了不久後她便離去了。

真是的，居然連這種地方也一樣啊。既然這樣，那之後的發展也是如出一轍吧。

◇

隔天，結束講座課後女僕們送上簡餐以及上等的紅茶。
芙列雅在那之後就再也沒提及【恢復】的事。
第一輪的我還愚蠢地以為芙列雅待人溫柔，是在體貼我。為了芙列雅，還下定決心即使現在沒辦法，總有一天也要作為【癒】之勇者回應她的期待。真的是笨蛋。
「要喝下這杯紅茶需要勇氣啊。」
我如此自嘲，因為我知道這杯紅茶加了什麼。
芙列雅什麼都沒說是因為她放棄說服我，然而那並不代表她放棄了自己的目的。只是選擇了一個比說服我更簡單的方法。這杯摻了安眠藥的紅茶就是她的答案。
我下定決心將這杯紅茶一飲而盡。
突然有股強烈的睡意朝身體襲來。好了，接下來就是地獄的開始了。

◇

我清醒過來。身體似乎被綁在椅子上。
映入眼簾的是石牆、鐵柵欄以及蠟燭的火焰。

我很清楚。這裡是地牢。是這座城中第二難逃脫的場所。

「怎麼了？這裡究竟是……什麼地方？」

我發出哀號，表現出驚慌失措的模樣。因為這才是自然的反應。

金屬聲鏗鏘作響。我往發出聲音的地方看去，在那裡有一名壯漢，和身穿附有兜帽的法袍遮住臉和全身的魔術研究主任。

壯漢剛走進地牢，就毫不猶豫地揮拳毆打被綁在椅子上的我。

好痛。痛到整個臉頰都要燒起來了。

「就是這臭小子說些狂妄自大的話嗎！這傢伙真是愚蠢。明明乖乖閉嘴按照吩咐去做就好了。」

接著，又是一拳。這個狀況極為單純明瞭。

芙列雅覺得要說服我實在太麻煩。就決定乾脆像這樣把我囚禁在地牢，弄成藥物成癮者方便供她使喚利用。那女人可沒好心到會給人勸說第二次的機會。

第一輪的我曾懷抱的「即使現在沒辦法，但總有一天一定要幫上她」那種想法就這樣輕易地遭到踐踏。

「好痛，住手，不要再打了，我到底做了什麼？」

「做了什麼？哼，你錯在什麼都沒做啦。這個吃白飯的。」

又是一拳。雖然看起來這樣，但這粗暴的男人是芙列雅的禁衛騎士隊隊長。

他打從心底為芙列雅痴迷，也難怪他會無法原諒我。
讓美麗的公主傷心的我想必令人可憎。
他一次又一次地毆打我。而我一拳又一拳地數下來。
就算是我也不可能記住第一輪到底被打了幾拳。所以我要一一細數。
因為我決定這次得好好地把所受的疼痛全都奉還回去。

◇

私刑結束。
椅子隨我的身體一同倒下，嘴裡瀰漫著鮮血的味道。
壯漢抓住我的瀏海強行把臉抬了起來。
「這樣子，你起碼感受到芙列雅公主內心痛苦的百分之一了吧？」
「……二十八拳。」
「你說什麼？」
「……二十八拳，我不會忘的。」
我執念很深的，之後絕對會把這二十八拳還回去。
「真是噁心的男人。喂，老頭，你要用什麼魔術對吧。快點動手啊。」

「真是粗魯的傢伙。要是弄壞這傢伙怎麼辦？這可是難得的研究材料啊。」

「誰管你。」

「真是的。可以破壞的只有他的心智，要是讓大腦留下損傷你要怎麼負責？」

稍微鬆了一口氣。芙列雅認為只要能治療負傷的英雄，再來我會怎樣都無所謂。

然而，魔術研究主任認為儘管能破壞我的心智，但為了研究我的功能無論如何都不能把我搞壞。說來諷刺，第一輪正是因為託這男人給予了最低限度的關懷，才會只喪失心智就了事。

多虧如此，這樣就能放心地重現同樣的歷史。

魔術研究主任開始在我眼前亮出了詭異的魔道具。

能夠用來強制讓人陷入催眠狀態。

如果我試圖抵抗應該能撐住吧。不過現在只要任他們擺布即可。接著，嘴裡被灌進了濃稠的液體。是麻藥。我的意識逐漸遠去。不，是被掩蓋過去。

好了，現在得暫時和理性告別了。

被下的藥過於強力。我待會兒就會完全喪失理性了吧。就連思考也會變得模糊，滿腦子只會充滿藥的事。

然而，總會有清醒過來的一天。

我對藥物抗性的熟練度已經提升了許多。而且，我的靈魂也有反抗藥物的決心。

只要持續抵抗藥物，總有一天熟練度就會累積到掌握藥物抗性。到時候，我就能取回自我。就在我這麼想著時，意識已被黑暗吞沒。

～凱亞爾被囚禁在地牢後過了一個月～

「藥……給我藥啊啊啊啊啊！」

一名男子握緊鐵柵欄放聲吶喊。

這已經不是一次兩次，他從早上就已經維持這種狀態好幾個小時。

這是因為出現了禁斷癥狀，他是重度的藥物成癮者。

手指甲全都剝落，由於瘋狂亂抓頭髮，使得他的頭髮好幾個地方都禿了。

然而，只有身體還維持清潔。每當他變得髒汙不堪，看守的衛兵就會弄暈他將身體清理乾淨。

這是因為每晚騎士們都會攝取他的精液，藉此提高等級上限。

由於騎士們不能有個萬一，所以唯獨衛生方面特別重視。

「真是一條骯髒的野狗。老是喊著藥啊藥的，難道他都沒有自尊可言嗎？」

一名少女來到了他被囚禁的牢籠前。

淺桃色的頭髮，充滿女性魅力的身材，平常總是充滿慈愛的臉上卻浮現著輕蔑的表情。

來的是【術】之勇者，同時也是公主的芙列雅。

「只要攝取那種藥就會變成這樣。我想他連自己的姓名都想不起來了。」

跟隨在芙列雅身旁的魔術研究主任這樣回應她。

「居然要我照顧那玩意兒，父親大人也真是派了個難題給我呢。真是令人厭煩。」

「好啦，好啦，請別這麼說嘛。」

隨後芙列雅打開牢籠的鎖，開啟了鐵柵欄的門。就在那瞬間，被關在牢籠裡的男人撲向芙列雅。然而，繫著鐵鏈的項圈限制了移動，導致他的脖子被狠狠勒緊差點斷氣，難看地摔倒在地。

芙列雅朝趴倒在地上的那個男人臉上狠狠踢了過去。

「噁心！真令人反感。」

儘管嘴上這麼說著，芙列雅卻靠近趴倒在地上的男人。

「又到工作時間了。來，這是你最喜歡的藥喔。想要這藥的話，就露出雞雞給我看看。來，雞雞。」

「哈……哈……雞雞，雞雞。」

男人模仿狗的模樣，拚命地乞求藥物。芙列雅朝著他的大腿間踹了一腳。

男人苦悶地滿地打滾。

「汪……汪……嗚……嗚……」

男人即使被藥物搞壞心智，但仍然記得一旦此時停止學狗的動作就拿不到藥物。因此他按著胯下，死命地繼續模仿狗。

「沒錯，以狗來說還挺聰明的嘛。來，給你藥。」

芙列雅故意將極其黏稠的藥物撒在地上。男人拚命地舔著這些藥物。

不停地舔著骯髒的地面，即使藥被舔光也不停止。

芙列雅此舉並非同情他。

如果不緩和一下禁斷癥狀，就沒辦法拉出去見人。只要給予他少量的藥物，就至少會遵守不說話不亂來的規則。

「來，小狗。就和平常一樣喔。出了籠子後一句話都不能說。你只要在被人吩咐時使用【恢復】就行了。不然的話就不再給你藥嘍。」

「汪！汪！」

芙列雅就這樣把腳踩在趴在地上抬頭面露笑容的男人臉上。

「你真～～～的很噁心耶！」

男人眼裡只有藥，所以就算被如此對待依舊保持笑臉。

馬上就能拿到許多藥物的幸福感，他腦中只思考著這件事。

芙列雅解開繫著鐵鍊的項圈。他只有在禁斷癥狀緩和的這幾十分鐘裡會老實聽話。儘管如此，芙列雅還是有些害怕。畢竟這傢伙有可能會突然發狂。

她心想：「我得快點讓他治療來訪的英雄，再把他關回籠子裡。」

「跟我來。」

背對著他的芙列雅，在下一瞬間感受到了毛骨悚然的寒氣。
濃厚的殺意，篤定喪命於此的預感。
然而當她回頭一看，在那裡的只有比狗低等的垃圾。他就如自己要求的那般閉上嘴巴跟了過來。芙列雅認為是自己的錯覺，再次踏出步伐。

◇

一股怒氣油然而生。
沒錯，是憤怒。腦袋都快氣得充血了。
在只能思考藥物的腦袋瓜裡，稍微取回了那麼一點點的理性。
「你真～～～的很噁心耶！」
一名少女用看著垃圾的眼神踐踏著自己的臉。
這名少女是誰？即使喪失理智的腦袋無法思考，靈魂卻發出怨恨的聲音。儘管連心靈都死去，靈魂卻持續在吶喊。
那是奪走我一切的女人，讓我飽嘗地獄滋味的罪魁禍首。
不可原諒。我發過誓絕不會原諒妳。
縱使記憶消失，即使喪失了心靈，依舊記得烙印在靈魂深處的疼痛。

所以，如今也是。從靈魂中溢出的痛楚，喚醒了我被封閉的心靈、意識。

我的心漸漸地回來。

這股狂暴的怒氣，讓我那僅剩少許的殘骸點燃了反抗藥物的怒火。

把我徹底汙染的藥物，依舊像鎖鏈那般束縛著我。但是束縛的鎖鏈越牢固，我透過抵抗所獲得的熟練度也越大。如今時機終於來到。

一點一滴持續累積下來的藥物抗性熟練度，和透過這股怒氣得來的熟練度結合，總算是讓我獲得了藥物抗性。

對，沒錯。

我的姓名是凱亞爾。

我……就是我。

頭腦突然變得清晰，宛如撥雲見日。由於獲得藥物抗性，我總算取回自我了！

在這個狀態下向前望去。此時我的宿敵芙列雅正背對著我。

湧上了一股瘋狂的殺意。芙列雅的肩膀微微一顫，隨即轉過身來。

不妙，得壓抑殺意才行。我設法在一瞬間鎮靜下來。

芙列雅露出狐疑的表情看向我的臉後，再度回頭向前走去。

看樣子，她八成是把我漏出的殺意當成是錯覺了。

我取回了喪失自我那段時期的記憶。

他們還真是對我恣意妄為啊。

不過也拜此所賜才得到了痛覺抗性，能使用的技能也增加了。而且等級也提升了。看樣子我在失去神智時也有好好使用【掠奪】。

這就是人類的執念吧，這樣復仇的準備可說已完成了八成。

接下來就只需擬訂詳細的計畫，再付諸實行即可。

好啦，芙列雅。得讓妳品嘗到比我更多的屈辱。

現在就以為我還套著項圈吧。

可是啊，芙列雅。項圈已經完全解開了喔。

我在心中燃燒著熊熊的復仇之火，儘管如此頭腦卻心如止水，思考著玩壞芙列雅並擄走她逃出此地的方法。

實行的日子就快到了。

第九話 回復術士放棄忍耐

對芙列雅的憤怒讓我獲得藥物抗性，如今總算恢復神智。
這手段很鋌而走險，實在令人捏一把冷汗。但我故意被抓住弄成藥物成癮者的理由有二。
在沒有得到痛覺抗性的狀態下，就算是我也沒辦法不依靠藥物的力量持續承受疼痛。
所以在能獲得痛覺抗性前還是想依賴藥物的力量。
另一點，就是需要復仇的正當理由。這次的芙列雅原本還沒做出會讓我憎恨的事。即使第一輪的芙列雅對我做了多麼天理不容的對待，不容分說就向這次的芙列雅復仇有違我的美學。
實際上，如果我有那個心，說不定也能回應芙列雅的期待，和她建立良好關係。
但這種事我才不做。這樣無法化解我的恨意。而且，要是一直按照芙列雅的吩咐去治療英雄，到頭來行動也會受到限制無法自由。只會被飼養在城堡等著任人宰割。
正因如此，至今以來我都按照歷史前進。
拜此所賜獲得了痛覺抗性，累積了力量，並獲得復仇的正當理由。
「慢吞吞的。給我快一點，這個廢物。」
走在前方的芙列雅用不高興的聲音朝我怒罵。

我跟隨在芙列雅身後，離開地下前往萊娜拉之間。現在我們剛離開地牢，為了治療芙列雅所找來的英雄而移動著。從芙列雅與陪同她的魔術研究主任之間的交談來看，可以得知這次要治療的是鍊金術士。

真是感激不盡。鍊金術士的鍊金魔術很方便，有機會記住自然求之不得。

「快點弄完吧，我還想去泡澡呢。身上都沾到狗的臭味了，也得把這件禮服扔掉才行。」

芙列雅還是一如往常，在四下無人的地方說起話來十分辛辣。

是嗎，妳討厭我的味道啊。那之後就讓妳身體的內側充分地染上我的味道吧。儘管我思考著這種事，被命令閉嘴的我依舊不發一語跟在她的後方。

◇

隨後我們抵達了萊娜拉之間。

這裡也是治療過【劍聖】克蕾赫的地方。看樣子芙列雅似乎會忍不住想向英雄們炫耀自己一手打造的庭園，很頻繁地使用這個地方。

鍊金術士的雙手都沒了。從傷口已經碳化的這點看來，與其說是敵人所為，應該比較像是實驗中發生的意外所造成。

芙列雅與鍊金術士一團和氣地聊著天。我則是靜靜地觀察他們的樣子。芙列雅將我介紹成一個不愛說話的人。

這說詞無法挑語病。我抓準他們沒注意的時機發動【翡翠眼】，確認鍊金術士的狀態值。

種族：人類　姓名：瓦齊爾怛
職階：鍊金術士　等級：28
狀態值：
ＭＰ：84／84
物理攻擊：51　物理防禦：39　魔力攻擊：49
魔力抗性：47　速度：33　等級上限：33
天賦值：
ＭＰ：70
物理攻擊：81　物理防禦：60　魔力攻擊：77
魔力抗性：75　速度：50　合計天賦值：413
技能：
・鍛造Ｌｖ５　・鍊金魔術Ｌｖ５　・鍊金知識Ｌｖ３
特技：
・鍊金魔術能力提升Ｌｖ２：鍊金術士特技，減少鍊金魔術的消耗魔力，提高精確度。

・鍛造能力提升Ｌｖ１；使用鍛造技能時，提高集中力、精確度。

這名男性鍊金術士好像叫瓦齊爾怛。

天賦值幾乎都是比平均標準還稍微高一點的程度。

等級上限也沒那麼高，不過他能成為英雄不是因為狀態值。

是由於他的職階是稀有的鍊金術士，以及鍊金術士才能使用的鍊金魔術。

鍊金魔術可說是泛用性最高的魔術。

像是鍛造、調合，網羅了鍊金術士工作所需步驟的魔術。

從素材中抽出有效成分，攪拌、分離、加熱、融解金屬、加壓以及減壓等等……

根據使用者的構想什麼都能辦到。唯有鍊金魔術是我無論如何都要得到手的。

既然我沒辦法靠特技讓自己的威力提昇，在與真正的魔術士正面對決時絕對會在火力上略遜一籌。正因如此，我才需要能活用知識方便應用的魔術。

既然能使用魔術的欄位只有一格，那鍊金魔術就是絕對必要。

沒錯，能【模仿】的技能是有限制的。

儘管能累積再多經驗與知識，但是能用【模仿】固定下來的技能數量只有五個。那就是我才能的極限了。

只要提高等級或許就會增加，但現在的欄位只有五格。只要經驗和知識還鮮明地殘留在我的腦海裡，這五格就隨時能做出取捨加以替換。

話雖如此，根據我的經驗，沒有固定下來的技能能殘留在腦裡的期限，頂多就是在【模仿】後的一個月。

只能選五個實在令人苦惱。接近戰最強的【劍聖】技能——神劍與看破，還有鍊金魔術一定要選，剩下的兩個就配合狀況來使用。

當我思考這些問題時，看樣子芙列雅和鍊金術士的交談也結束了。

她對我下指示，要求我使用【恢復】。

我裝作宛如被套上項圈的狗似的，聽話地使用【恢復】。

當然，背地裡也確實地使用【模仿】取得技能，用【掠奪】奪去經驗值。把鍊金魔術的技能牢牢固定在我的體內。

而且經驗值一滿等級也隨之上升。拜痛覺抗性所賜，【恢復】的副作用已經降低到能夠忍耐的程度。這樣一來，今後就能毫不猶豫使用【恢復】。

接著，就來確認自己的狀態值吧。

如果不知道現在的等級，就無法制定今後的作戰。

結束之後，我和鍊金術士分開，被再次關在地牢裡。

作為獎勵被授予了大量的藥物。交給我的方式是直接潑到我臉上，而且還朝我吐口水，禮數真是周到。

雖然是猜測，但芙列雅並不是基於厭惡感而虐待我，而是在享受這個過程吧。

真是的，嗜好真不錯。我可是打算把芙列雅帶給我的疼痛和屈辱全部奉還給她。然而她對這件事渾然不知，還不斷地自掘墳墓。真是的，遭到這樣的對待，到時要讓她能保持清醒痛苦到最後一刻可是很費工夫的啊。

算了，先不管。反正芙列雅被玩壞了只要用【恢復】就好。我可不允許她從恐懼與疼痛中逃開。當芙列雅一走，我就用【恢復】治療藥物成癮的狀態，讓腦袋能正常運轉後開始思考逃脫的方案。

就連對時間的感覺也很模糊。

有人送了類似晚餐的東西來到地牢。

在湯裡面浮著一塊麵包。就連刀叉也沒有，好像是要我空手抓來吃。真的是把我當家畜看待。不過送湯給我倒是幫了大忙。我用【翡翠眼】看了自己倒映在湯中的臉確認狀態值。

……慶幸的是現在守衛也沒有在監視牢籠。

種族：人類　　姓名：凱亞爾
職階：回復術士、勇者　　等級：29
狀態值：

ＭＰ：133／133
物理攻擊：34　物理防禦：34　魔力攻擊：66
魔力抗性：78　速度：75
等級上限：∞
天賦值：
ＭＰ：110
物理攻擊：50　物理防禦：50　魔力攻擊：105
魔力抗性：125　速度：120　合計天賦值：560
技能：
・回復魔法Ｌｖ２　・神劍Ｌｖ４　・看破Ｌｖ４
・鍊金魔術Ｌｖ４　・縮地Ｌｖ３　・明鏡止水Ｌｖ２
特技：
・ＭＰ回復率提升Ｌｖ１：回復術士特技，ＭＰ回復率會上升補正一成。
・治癒能力提升Ｌｖ１：回復術士特技，回復魔法會向上補正。
・經驗值上升：勇者專用特技，包含自身在內，隊伍將取得兩倍經驗值。
・等級上限突破（自）：勇者專用特技，解放等級上限。
・等級上限突破（他）：勇者專用特技，將灌注了魔力的體液給予他人，就有低機率可以使他人的等級上限+1。

多虧我在喪失自我的期間也孜孜不倦地用【掠奪】奪取經驗值，等級已經提升到29。

29這個數字，已經接近一般人所能達到的極限。

然後，關於技能部分，原本就有的回復魔法等級也提高了。

而且，除了【劍聖】的神劍與看破，鍊金術士的鍊金魔術這些固定起來的技能，還追加了剛才為止還殘留在記憶之中比較有用的縮地和明鏡止水。

儘管比克蕾赫和瓦齊爾怛的Lv還低一級，但規則就是這樣。因為透過【模仿】獲得的技能會固定下降一級。

至於剩下的兩項技能，縮地是可以用高速移動，明鏡止水則是把精神到集中極限後，加速認知力的一種技能。兩種都非常好用。

如果沒有發生特殊狀況，就固定用這五項技能也行吧。

有必要時再根據對手和狀況，將縮地和明鏡止水替換成其他技能。

「姑且不論技能，基本狀態值倒是有些問題啊。」

在逃脫時得單獨行動，再怎麼樣都不太可能全身而退。

因此需要最低限度的防禦力。照現在的防禦力很有可能一擊就造成致命傷。

攻擊力方面也令人擔心。即死攻擊的【改惡】就消耗的魔力來說不太有效率。儘管能用

【掠奪】補給，還是想盡可能保存ＭＰ。因為說不定會沒機會讓我用【掠奪】。這樣一來，就必須要用近戰技能打倒敵人。

對自己的天賦值都特化在魔力相關的狀態值感到可恨。所以我打算來改造一下。

「【改良】。」

用【改良】來最佳化自己的肉體，這樣一來天賦值就會上升。

能改善的上限頂多也只有一成左右。要再繼續進行改良就必須吸收其他因子才行。雖說如此，也比什麼都不做來得好。

種族：人類	姓名：凱亞爾
天賦值：	
ＭＰ：110→116	
物理攻擊：50→53	物理防禦：50→53
魔力抗性：125→132	速度：120→126
魔力攻擊：105→111	合計天賦值：560→591

我的身體著實強化了。

然而這依舊遠遠不足。接近戰所必要的參數就連一般人的平均值60都不到。所以我得做進一步的【改良】。

我不能再把狀態值繼續往上提高。即使如此，還是可以改變天賦值的配點。因為我可以隨心所欲地分配自己的天賦值。MP和魔力抗性太高了。這部分的點數就補給物理攻擊和物理防禦。雖然魔力攻擊好像也有點過多，但這關係到【恢復】的精度，最低還是想維持在100。速度是一切的重心，不可能削減這個狀態值。

以上述為考量，為了逃脫此處的最佳狀態值是……

「【改良】。」

種族：人類
姓名：凱亞爾
天賦值：
MP：116→80
物理攻擊：53→130
物理防禦：53→83
魔力攻擊：111→100
魔力抗性：132→72
速度：126→126
合計天賦值：591→591

這就是實行單獨逃脫時最理想的點數分配。

如果是這個狀態值，就算等級只有29，只是要逃也還是辦得到。

但是，我得先讓芙列雅嘗到報應，給予她我所飽受的一切痛苦後，再讓她踏上我原本該走向的末路，那就是「不僅被剝奪一切自我，還要作為方便的道具供我使喚」。

為此至少還希望再提升個五級。反過來說，只要再提升五級就行了。

復仇的時期已經決定了。等到我提升五級，而且國王還帶著親衛隊離開城堡，警備人手不足的時候。在那之前要耐心等候。我想，離那個時候恐怕已經不遠了。

◇

自從恢復自我已經過了兩個星期。

由於我已恢復神智，這種爛到透頂的生活根本就是個折磨。

已經有好幾個人為了提高等級上限而跟我上床。

當然，男性的比率比較高。畢竟騎士及冒險者這種身分本身就是男性比較多。

為了提升自己的等級上限而出現的男人們把我的身體當作玩具蹂躪。

其中甚至也不乏原本就對那方面有興趣的傢伙，明明沒必要卻還是侵犯我。看樣子，他們似乎很喜歡像我這種可愛的少年。去死吧。

不過我忍下來了。一直保持清醒，忍住自己快要發狂的思緒。

逼我勉強使用【恢復】去治療別人是可以。但是，每次芙列雅公主都會一股勁地踐踏我的尊嚴實在很痛苦。我想當場殺了她的次數甚至用單手都數不清。之所以能忍下來，肯定是為了今天，為了這天的到來吧。

在這兩週的期間，我只是不斷地在思考要用什麼愉快的方式來向芙列雅公主復仇才好。要悽慘地、殘虐地、毫無慈悲地，凌虐她到懇求我殺了她。

就算她咬舌自盡，我也會馬上治好傷口嘲笑她！

等到一切結束，我將抹除名為芙列雅的存在，把她調教成可愛的寵物，一輩子當我方便的道具直到用壞為止！只要用【改良】就可以辦到！現在是夜深人靜，任誰都熟睡的時間。

此時，我的【翡翠眼】發出邪惡的光芒。

負責監視的士兵漫不經心。八成作夢也想不到我會反抗吧。

「忍耐的時間已經結束了。」

我已經掌握到國王在白天就帶著親衛隊前往他國的情報。

甚至還湊齊了理想的技能，等級也提升到所需程度。

不論是逃脫的事前步驟，還是為了前往芙列雅房間的準備也都萬全了。

「好了，開始派對吧。我現在馬上就去迎接妳啊。」

用鍊金魔術取下項圈的固定器具，接著融化繫在項圈上的鐵鏈，將其灌入鑰匙孔裡再冷卻，完成速成的鑰匙後開門。完全不費吹灰之力就成功地打開牢籠的大門。單純要逃跑的話應該以外面為目標。但是，我有對芙列雅復仇的這個目的。

現在立刻朝芙列雅的房間過去吧。

復仇開始！我離開地牢，全力往前奔跑。

第十話 回復術士去見芙列雅公主

到了深夜，看準守衛從我身上移開視線的空隙，我使用鍊金魔術從地牢脫逃而出。

自從被關在地牢後過了一個月。

恢復神智後又過了兩週。

在這段期間我反覆地從許多英雄身上使用了【模仿】和【掠奪】，得到了等級與技能。並取得了從他們的狀態值上無法看見的知識與技術。

而且還透過自己的【改良】將肉體最佳化，進一步改變天賦值的配點，獲得了相當強力的狀態值。

種族：人類　姓名：凱亞爾
職階：回復術士、勇者　等級：34
狀態值：
MP：99／99
物理攻擊：81　物理防禦：54　魔力攻擊：63

魔力抗性：47　速度：79
等級上限：∞
天賦值：
ＭＰ：80
物理攻擊：130　物理防禦：83　魔力攻擊：100
魔力抗性：72　速度：126　合計天賦值：591
技能：
・回復魔法Ｌｖ２　・神劍Ｌｖ４
・看破Ｌｖ４　・鍊金魔術Ｌｖ４
・縮地Ｌｖ３　・明鏡止水Ｌｖ２
特技：
・ＭＰ回復率提升Ｌｖ２：回復術士特技，ＭＰ回復率會上升補正一成。
・治癒能力提升Ｌｖ２：回復術士特技，回復魔法會向上補正。
・經驗值上升：勇者專用特技，包含自身在內，隊伍將取得兩倍經驗值。
・等級上限突破（自）：勇者專用特技，解放等級上限。
・等級上限突破（他）：勇者專用特技，將灌注了魔力的體液給予他人，就有低機率可以使他人的等級上限＋１。

這就是我現在的狀態值。

具有比平均水準還高的物理、魔力防禦，再將點數分配成高速、高火力的前衛類型。

由於我得單獨行動，這是針對一對多的狀況最佳化過的能力值，雖然要盡可能迴避戰鬥，然而一旦演變成戰鬥幾乎都得以一敵多。儘管不用戰鬥最好，但畢竟有備無患。

好，沒有時間了。來收拾看守的士兵吧。

現在守衛背對著我。儘管我已不動聲色開了鎖，但再過幾分鐘也會被發現。

所以……

我無聲無息進行高速移動。

儘管並未將技能固定在身體裡，但我【模仿】過的英雄之中，也有擅長偵查(Scout)的英雄。我要使用他的技術。

我用沒有一絲多餘，俐落地宛如貓咪般的動作悄悄來到他的背後。就算不倚靠技能，人類光憑技術也能辦到這種水準。

我用手觸摸士兵。

「【改惡】。」

無視物理及魔力防禦的即死攻擊——【改惡】。

藉由恢復到毀壞的形狀進而破壞人體。是只有我能使用的力量。

負責監視的士兵什麼都做不了就化為屍骸，連一聲慘叫都沒有。

為了不讓他倒下時發出聲音，因此我用手接住，溫柔地放到地面。

「沒辦法對屍體進行【掠奪】倒是滿可惜的。」

我獨自發著牢騷，奪取魔力和經驗值的【掠奪】只能對活著的生物使用。

考量到安全會讓我想直接即死對手，但這麼一來就沒辦法補給魔力。真傷腦筋。

【改惡】會消耗相當多魔力。

會一口氣耗掉將近20ＭＰ。因此我只能用四發。必須要審慎使用才行。

不，我想到了一個好方法。待會來試試看吧。

解決了一名士兵後，我決定儘速前往看守士兵的值班室。

看守時會採兩人體制負責監視。一個人負責在設有牢籠的樓層巡邏，另一人則一直留守在值班室。一旦出去在外頭的士兵沒有回來，就會找人過來一起前來查看吧。

為了不讓人發現我脫逃的事實，必須要在這裡收拾他。

我從剛才解決的士兵身上將劍奪走。沒有劍的話，難得的【劍聖】技能也無用武之地。

當我握住劍的瞬間，【劍聖】的技能便產生效果。感覺得到劍與手融為一體，充滿力量。

好了，沒時間了。妥善地處理吧。

◇

靠著偵查技術無聲無息地潛入值班室。
留守的士兵正在做文書的工作。
拜此所賜，他對周圍的注意力相當散漫。
在我看來根本是待宰的肥羊，我和剛才一樣從死角悄悄地繞到他的背後靠近。
然後……
「【改惡】。」
使用了第二次的【改惡】。
士兵的身體順勢倒地。然而卻還活著。
「嗯，這樣比較方便呢。【掠奪】。」
這次確實地奪走了經驗值和魔力。
剛才的【改惡】有動了一下腦筋。
因為我只破壞了脊髓。講白一點就是讓他變成植物人。這樣的話可以確實使用【掠奪】，更為安全。
順便也用【恢復】奪走他的記憶，如此一來也可以確認警備體制。

既然魔力也恢復了，那就開始準備吧。我脫下士兵的衣服穿在自己身上。

「好啦，不知道能爭取多少時間呢？」

我一邊換衣服一邊讓大腦思考。

直到士兵來值班室換班前，我逃走的事都不會曝光。

但是根據士兵的記憶，下一批輪班的人大概再一小時左右就會到。

要是換班的士兵一來，我逃走的事自然會曝光。

不過，只要有這些時間就足以達成我的計畫。

換穿士兵服裝的我悠悠哉栽地從地牢所在的樓層脫逃。

◇

從地牢樓層脫逃的我接下來要前往的目的地，是騎士們的宿舍。

如果只是要逃走，根本就沒有必要前往那個地方。

只要喬裝成士兵滿天過海，就可以就這樣輕而易舉地逃出城堡了吧。

畢竟我已經從我假扮的這名士兵身上確實地吸收了他的記憶和知識。

沒錯，我不會露出馬腳。但是這樣不行。

因為，我還沒對芙列雅復仇。為此，我需要利用能直接和芙列雅碰面的人。我就是為此才要繞道而行。

我的目標並不是一般的騎士宿舍。

是僅由貴族所組成，擔任芙列雅禁衛騎士之人的宿舍。

假如是她的禁衛騎士就能和她接觸，相當合適。

我一邊使用【劍聖】的技能「看破」感測人的氣息，一邊用偵查技術隱藏行蹤，在深夜的城堡中小心翼翼地走著。

儘管我現在打扮成士兵的模樣，但也不能太引人注目，最好還是別被人看到。一旦因為離開崗位一事被人責備很有可能導致身分敗露，我可不能做那種蠢事。

◇

離開地牢所在的主塔，朝著位在領地另一棟房子的騎士宿舍前進時，在主塔那傳來了異常吵雜的聲音。

看來是因為我得一邊隱藏行蹤一邊移動，稍微花了太多時間。

「我逃走的事終於被發現了嗎？」

從他們那驚慌失措的感覺來看不難推敲出來。

我得假設士兵還有騎士們現在一定全都被叫醒，被下令搜索城內，封鎖並監視城門的動向，甚至還派遣看守士兵去嚴加戒備。

城裡那些傢伙肯定這麼想吧。

就算是勇者，但只是個等級不超過10又藥物成癮的傢伙，只要找到他，就算是一般士兵也可以輕鬆擊倒。

渾然不知這個誤會對我是多麼有利。

雖然比預想中要早了點，但這陣騷動也在我的計劃之中。

好了，你們就亂成一團吧。

◇

我喬裝成士兵的模樣，踏入高貴騎士住的宿舍後如此叫道：

「我來向各位騎士稟報指令！有人從地牢脫逃！請立刻嚴加戒備！」

我靠著來向騎士們傳達指令的名義輕鬆地踏入了騎士宿舍。士兵的身分證以及這場騷動提高了這件事的可信度。

接待處的人敲響了起床的鐘聲叫醒騎士們。

我向他說明有件事得直接向禁衛騎士隊長稟報，就讓我正大光明地進去了。

騎士之間的身分也有差別。從平民中一路爬上來的人和貴族出身的騎士之間的待遇截然不同。

我進入的宿舍不愧是被遴選為芙列雅的禁衛騎士，具有高貴血統的傢伙住的，看起來花了不少錢打造。而那傢伙就在這之中特別豪華的房間，

門被上了鎖。

不過，這種東西對能使用鍊金魔術的我來說根本形同虛設。

我緩緩地打開門。

「你這傢伙……到底是誰？」

一名壯漢正打算要穿上鎧甲。

這個壯漢我記得非常清楚。

是我在地牢清醒後第一個遇見的男人。打從一開始，我就決定為了要和芙列雅見面而利用這個男人。而且，那並非純粹因為這傢伙的立場最為方便。

因為我是個執念很深，遵守約定的男人。

「二十八拳……我來討回之前遭你毆打的那二十八拳。」

我莞爾而笑。對至今絲毫沒察覺到我意圖的愚蠢男人伸出了手。

～三十分鐘後，在王城的某個房間～

「集合得也太慢了。這樣你們還稱得上是這個國家的精英，我的禁衛騎士嗎？」

「「「非常抱歉！」」」

芙列雅的禁衛騎士在接到第一次傳令時就被叫醒，之後又收到第二次的傳令集合到芙列雅公主的眼前。

儘管是深夜，禁衛騎士依舊一絲不亂地整隊排好。

「真是的，那條狗在那種狀態下到底是怎麼逃走的？」

芙列雅咬住大拇指的指甲，她引以為豪的淺桃色長髮罕見地出現分岔。

她以【癒】之勇者的某種本能感受到了一種來歷不明的恐懼。

所以，當她聽到勇者逃走的消息時便開始坐立不安，動員所有的士兵徹底尋找，甚至還找來了禁衛兵。

自己很清楚他的狀態值和技能，很明顯不需要為此恐懼。然而她卻害怕了。沒來由地感到害怕。

那是基於她千錘百鍊的危險感測能力所帶來的第六感。

「芙列雅公主，十分冒昧，屬下有一事稟報。」

禁衛騎士隊長略顯自豪地向芙列雅開口說道。

「這種狀況下，如果說些無聊的事我可是會生氣的喔。」

這句話代表那將不是單純生氣，而是會動用她的權限做出應當的懲處。

「我們明明急忙趕來卻依舊姍姍來遲，是有原因的。」

「難道你打算找藉口嗎？」

芙列雅的臉上露出殘虐的表情。在她心裡，正打算對禁衛騎士隊長打上廢物的烙印。

「不，屬下沒這打算。我想這件事肯定會讓芙列雅公主相當欣喜。」

「說來聽聽。」

芙列雅露出了一種帶有殘酷的笑容。

「其實，我們宿舍來了兩次傳令兵。第二次來的傳令兵很面熟，然而第一次來的傳令兵卻將自己的臉遮住。屬下覺得有兩次傳令教人匪夷所思，於是便確認了第一次來的傳令兵長相為何，這才發現他就是【癒】之勇者。正是為了要逮住他，我們才會姍姍來遲。那男人也真是愚蠢。竟膽敢潛入我國最強的騎士團芙列雅公主禁衛騎士的宿舍。」

講完這句話，一名禁衛騎士便將用繩子綁住的男人推到前面。身上殘留著全身被毆打的痕跡，喉嚨也被毀掉，無法說話，發出了「咻～～」的奇怪聲音。

「真是驚人，讓我嚇了一跳呢。他到底是有何打算才會去騎士的宿舍？」

儘管臉被毆打到變形，芙列雅依舊能看出凱亞爾的面貌，得知是他本人。

「恐怕他是打算混入士兵中逃走，但我們警戒網設置得十分迅速，因此才放棄逃出城外，轉而藏身在空無一人的宿舍裡吧。真是膚淺。」

「呵呵，居然認為那種漏洞百出的作戰會管用，真是愚蠢的人渣。」

芙列雅愉悅地笑了。不安的種子消失讓她鬆了一口氣。

「芙列雅公主，屬下在抓到這傢伙後，已問出他為什麼要逃走。而其中包含了無法置之不理的情報。儘管是我的部下，也讓我猶豫是否該讓他們得知這件事，能否請其他人離開，跟您私下商量這件事呢？」

「是有關勇者的情報嗎？」

「是的，屬下一開始聽到時也十分震驚。認為務必要讓芙列雅公主得知這個消息。」

芙列雅做出思考的舉止後，露出一抹微笑。

「好吧。就算讓其他人退下，在這裡談也令人擔心，畢竟有關勇者的情報是最高機密。就來我的房間吧。其他人可以回去了。至於那個人渣就再丟進地牢關起來。我之後也得好好調教他，讓他再也做不出這種愚蠢的舉動。」

儘管被打成像破抹布似的【癒】之勇者拚死掙扎，打算用那被摧毀的喉嚨訴說什麼，但此舉卻惹怒了周遭的騎士，再次遭到一頓痛打。

「打他沒有關係。但是，請你們別殺了他喔，因為他還派得上用場。要適當地拿捏力道好好處罰他。」

騎士們巧妙地避開致命傷持續施以暴行。

多虧了芙列雅，【癒】之勇者才免於被殺。經過一場暴力的凌虐後，【癒】之勇者就被草草帶去地牢。

「那麼，禁衛隊長跟我來吧。我的房間是這座城內最具隔音效果的，正適合商量祕密。」

心情大好的芙列雅在兼任護衛的侍女陪同下，帶著禁衛騎士隊長回到自己的房間。

◇

在芙列雅房間的所有家具以及日常用品，幾乎備齊了一般常識所能想到的最上級物品。儘管如此，卻絲毫不給人庸俗的感覺，十分高尚。

這正是與生俱來的王族才具有的品味。

「禁衛騎士隊長，你不認為能獲准進到我房間，就已經是無上的榮幸嗎？」

「是，屬下深感榮幸。」

禁衛騎士隊長恭敬鞠躬。

「那麼就說吧。我很在意那個人渣到底說了什麼。」

「關於這點……」

禁衛騎士隊長露出賊笑。那絕不是該對主人露出的表情。

是非常邪惡的笑容。他拔出寶劍，迅速地向前衝去砍掉兩名護衛侍女的人頭。

那流暢的動作與疾風般的速度，就宛如【劍聖】一般。

即使侍女們是為了守護芙列雅而千錘百鍊的實力派高手，面對這速度也完全無法反應。

無情殺害兩名侍女的禁衛騎士隊長嘴角微微上揚，眼神閃爍著邪惡的目光。
用沒有持劍的左手狠狠揮拳揍了芙列雅的臉頰。
芙列雅整個人被揍飛到牆上，應聲倒地。
接著禁衛騎士隊長跨坐在芙列雅身上，狠狠抓住她的臉。
「【掠奪】。」
所有魔力都被吸走，芙列雅徹底陷入了恐慌狀態。
臉頰好痛，眼前的男人好可怕，現在到底是什麼狀況？
「芙列雅，即使妳是【術】之勇者，但是失去魔力的魔術士，也不過是手無縛雞之力的弱女子。要抵抗也沒關係啊，不過我想也是白費工夫。」
「禁衛騎士隊長……你究竟……是什麼意思……」
「禁衛騎士隊長？哦，妳說我啊？」
禁衛騎士隊長露出錯愕的表情，哄然大笑了起來。
「什麼啊，妳還沒發現嗎？【改良】。」
禁衛騎士隊長使用了魔術。
首先是身體變小一圈。
接著，臉龐開始逐漸變形，令人驚訝的是那張臉竟然……
「妳最討厭的可愛小狗，凱亞爾來找妳玩嘍。我好寂寞，所以，為了見主人一面，就從牢裡逃出來了呢！開玩笑的。啊哈哈哈哈哈哈。」

那正是芙列雅一直輕蔑，稱他為小狗，被搞成慘不忍睹的破抹布的凱亞爾本人。

沒錯，凱亞爾用【改良】改變了自己的容貌。

方才那個喉嚨被毀變成破抹布的男人，才是真正的禁衛騎士隊長。

到了這地步，芙列雅才第一次理解現狀。

不僅護衛的侍女被殺，偏偏又在這城內具有最佳隔音功能的房間，和怨恨自己的男人共處一室。

而且魔力還被奪去，就連一個初級魔法都無法使出。

芙列雅的表情因恐怖而扭曲，凱亞爾的笑容充滿了邪氣。

現在，這房間內即將上演一齣慘劇。

第十一話 回復術士玩壞芙列雅公主

好了，揭曉謎底後舒坦了不少，那就開始復仇吧。

【改良】是種能按照自己的期望變化肉體的力量，當然也能像這樣改變模樣。我跨坐在芙列雅身上俯視著她。

現在的芙列雅受我【掠奪】的影響，被奪走了所有魔力。

原本她的天賦值配點就是偏重在魔力的典型魔術士。一旦魔力被奪走就什麼也辦不到。

「等等，請你等等。凱亞爾，你一定誤會了什麼。」

在我下方的芙列雅擠出僵硬的笑容開口說道。

「誤會？誤會什麼？」

「我……是為了你著想才下藥的。為了不讓你因痛苦導致精神崩潰……還打算總有一天要讓你從地牢出來。」

也對，她並沒有說謊。在第一輪時，當我完全喪失了名為凱亞爾的人格，墮落成對痛覺與恐怖完全無感的人偶後，她才把我帶出外面。

為了把我當作方便的道具供她差遣。

「原來如此。那麼，芙列雅是基於親切才對我口吐暴言，踹我胯下還踩我的臉，甚至每天晚上都讓別人來侵犯我的身體。妳示愛的方式還真有趣啊。」

芙列雅的表情扭曲，看來她以為我沒有沉溺於藥物那段期間的記憶。

「我可是全部都記得喔，妳把我折磨得很慘呢。」

「啊，那個也是……呃，不是這樣，不是這樣的……」

「更何況，如果是為了不要讓我感受到疼痛，別勉強我用【恢復】就得了嘛。」

「那是為了……要拯救更多的人。」

「狡辯。妳只對提高這國家的力量有興趣。證據就是妳只讓我治療自己國家的英雄。」

我知道這件事。增強國力正是芙列雅的目的。

事實上我根本沒救過其他國家的英雄。其他國家的英雄之中也有【劍聖】職階的高手，以及頗具人望的知名人士。

「那……只是碰巧……我的情報網……」

「那也是撒謊。」

這個女人沒這麼無能，至少她對其他國家的英雄狀況應該是瞭若指掌。

「可是……可是……」

「算了，那些事情怎樣都無所謂。都是因為妳害我墜入了地獄。所以，我打算也讓妳品嘗一下地獄的滋味。就算芙列雅其實是個善人，妳的行動是基於正義所為什麼的，那都跟我無關。妳讓我受盡折磨，所以我要復仇。很簡單明瞭吧？」

理由什麼的根本不重要，只要有這個事實就行。

然而芙列雅還在找些不像樣的藉口，我也差不多開始覺得厭煩了。

「呀啊啊啊啊啊啊啊啊啊啊啊啊啊啊啊啊啊啊啊啊啊！」

首先折斷手指。

光是這樣她就發出了不堪入耳的慘叫。

喂喂，不過這樣就叫苦連天，一點也不好玩啊。

對了，我想到一個好主意。

「芙列雅，要不要跟我玩個遊戲？」

「遊……遊戲嗎？」

芙列雅一臉狐疑。算了，這也沒辦法。

「待會兒啊，我打算把芙列雅對我做過的事情全部做過一遍。具體來說呢，就是讓妳承受跟我相同的痛苦，對妳做性方面的虐待、將妳的精神逼至絕境。最後會破壞妳的人格，當作方便的道具回收使用。總之，就是我至今被妳做過的那些事。我想，偶爾也得讓妳設身處地經歷一下。這樣一來，芙列雅也能察覺自己至今所犯下的罪過了吧？」

芙列雅臉色鐵青，用懇求的眼光望著我，但是在下一個瞬間，她的臉色變得更加蒼白了。

她看到我的眼神，似乎了解我是認真的。

「要……要錢的話，我給你。就連權力……對，給你爵位！封你為貴族吧。而且，女性也是，哪怕再多美麗的貴族千金都任你挑選，當然……還會讓你自由。所……所以……」

「啊哈哈，妳以為我會相信那種夢話嗎？」

這個女人絕對不會原諒自己的敵人，剛才所說的話恐怕會全部為我實現吧。

然而，那都是為了讓我大意找機會暗算我。真是的，居然小看我。

「是真的。就算……反正就算我在這裡大鬧，也都逃不了了，只會被殺而已。所以……要說什麼選擇比較明智……」

我沉默不語，再折斷她一根手指。

「咿呀咿咿咿咿咿咿！」

發出了完全不像公主的丟臉慘叫。

「都是因為芙列雅講些麻煩的話，這樣不就少了一枚遊戲的籌碼了嗎？」

「你從剛才……到底在說些什麼……」

「我現在開始會把芙列雅的手指一根一根地折斷。都折完後就換腳吧。當所有手指和腳趾都被折斷，妳依舊沒有發出慘叫就算妳贏。只要芙列雅贏了，我就了結我的復仇。不過一旦妳發出慘叫，我就會把剛才提到的復仇全部做過一遍，還要另外追加處罰。」

這是為了不讓芙列雅的內心崩潰而做的考量。

要是她放棄一切的話，那就不會做出有趣的反應了。

所以我才給予她希望，營造出讓她能正面接受痛苦的局面。
「我……我明白了。我做，所以……如果我忍住的話……」
「嗯，我會遵守約定。因為我和芙列雅不同。」
芙列雅咬緊牙關，擺出下定決心的表情。這樣一來，她的內心就不會崩潰，願意面對痛苦奮戰到最後一刻吧。好了，讓快樂的遊戲開始吧。

◇

「嗯嗯嗯！」
芙列雅咬緊下唇死命地忍住不發出慘叫，嘴角上沾著鮮血。
哎呀哎呀，真令我驚訝。沒想到她居然能忍耐到只剩下一根指頭！
不愧是公主殿下。何等鋼鐵般的意志。只不過，腦袋似乎有點不好啊。
我開出的條件是在折斷所有指頭前都不發出慘叫就過關。
所以……
「【恢復】。」
「咦？」
眼見只剩下一根，我親切地幫她【恢復】了所有指頭。

「芙列雅，我幫妳【恢復】嘍。來，讓我們再從手開始吧？」

我對她投以微笑。居然會願意治療這種女人，我還真是溫柔。

「奸詐，這樣太奸詐了。因為……這樣……」

「我說過是全部的指頭對吧？打從一開始，遊戲的條件就包含忍耐到我的魔力耗盡為止啊。好啦，妳覺得我還能用幾次【恢復】呢？」

從芙列雅的喉嚨發出了「咻～～」的奇怪聲音。

要是讓她內心崩潰我也很傷腦筋，所以我才故意說一旦魔力耗盡就沒辦法用【恢復】，給她一點希望的說。稍微觀望一下吧。

噢，不愧是芙列雅。馬上又做好覺悟了。

真是堅強啊。

不過，遺憾的是【恢復】和【改惡】不同，性價比很高。連5MP都消耗不到。還能再輕鬆地使用十幾次。不過，芙列雅似乎錯估我的等級，認為我頂多只能再用兩次。

好啦，當我徹底摧毀她如此堅強的決心和希望時，究竟會有多愉悅呢？

我在思考著這種事的同時，再次將手放在芙列雅的手指上。

◇

「呀啊啊啊啊啊，好痛，好痛，手指！我的手指啊啊啊啊啊！」

現在來到了第五輪。完全已經到了忍耐的極限，芙列雅終於發出了不堪入耳的慘叫。

「遺憾。真是可惜。要是再過僅僅八輪就是芙列雅贏了呢。太遺憾了。」

「八……八……八輪？」

芙列雅的眼神染上絕望，原本哭得淚流滿面的臉蛋再度溢出淚珠。

「雖然可惜，但還是要懲罰妳。好了，得讓妳再稍微享受一下痛苦喔。」

那一類的知識我已經儲備得十分周全。

在進入下個階段前，就讓我拿捏程度不至於弄壞她，好好享樂一番吧。

◇

在那之後，我折磨了芙列雅的身體大約三十分鐘。她的禮服已破爛不堪，露出的肌膚也滿是傷痕。

芙列雅的眼淚已經乾枯，喉嚨更是氣弱聲嘶。嗯，讓我度過了相當愉悅的時光。

這樣子，她就能體會到我所經歷的痛苦的百分之一了吧。

那麼，再來該輪到性的復仇和精神上的折磨。

我扯下芙列雅的禮服。

「啊……啊啊啊……啊啊……」

以芙列雅現在那嘶啞的喉嚨根本沒辦法好好說話。而且，儘管把衣服剝了下來，基本上我很清楚這女人的本性，加上渾身的傷口和血跡根本讓人硬不起來。

好了，想想該怎麼做吧。

「【恢復】。」

總之，至少先把外表回復到可以見人的程度。

不過，為了限制她的行動，唯獨剛才折磨一番的腳踝不加以治療。要是她四處逃竄可就麻煩了。治療傷口後，芙列雅那美麗又充滿著性感魅力的肢體閃閃動人。

「咿……咿……饒了我，不要，不要啊啊啊。求求你，好痛，好可怕，住手……」

可以再次說話的芙列雅維持禮服被扯下的模樣按住頭部，低聲啜泣。似乎連乾枯了的眼淚也回來了。

「芙列雅，我啊，也一樣很討厭疼痛，也說過別再讓我用【恢復】了對吧？不過芙列雅是怎麼對待我來著？」

「我……我……嗚……不……不是那樣……」

「是一樣的喔，所以我也會對妳做一樣的事。不過話又說回來，我也差不多對用痛覺折磨妳感到厭煩，所以打算侵犯妳了。」

芙列雅瞪大眼睛哀號。

「不要啊啊啊，不要……我不要被你這種人玷汙……我是公主，有高貴的血統，像你這樣的賤民……做不到，我絕對……做不到啊啊啊，不要啊啊啊啊！」

人類只要一被逼到絕境就會露出本性呢。

原來如此，對平民一視同仁地投以微笑的公主殿下，似乎有著相當嚴重的貴族優越思想。

「被討厭成那樣我也會軟掉啊。而且，我原本就對芙列雅這種母豬興奮不起來。」

芙列雅好像會錯意，露出了安心的表情。這傢伙真笨。

我走向房間裡的暖爐。然後熔化用來添加柴火的工具，使其變成棒狀。

充分地加熱過後，我把它拿近地毯，隨後就發出「啾」的滾燙聲音燒了起來。

「芙列雅，我打算待會從我的分身或是灼燒過的鐵棒之中，選出一個插入芙列雅的那裡，妳覺得哪個比較好？我很溫柔，所以就讓妳來選吧。」

既然硬不起來就用其他東西代替就好。人類是會使用道具的生物。然而芙列雅卻不明白這點，誰教她是母豬呢。

「咦，呃，那個……」

「我先聲明，要是沒回答的話就兩個都放進去，在十秒內回答我。十，九……」

當我開始倒數，表情完全鬆懈的芙列雅瞬間將眼睛睜大到極限，一邊顫抖一邊發出不像樣的慘叫。

我大聲地繼續倒數。

芙列雅帶著祈求的視線朝我望來，似乎打算諂媚我。但是當我用笑容回應後，她的臉色變得更加鐵青。芙列雅也差不多察覺到我是真的會動手的男人了吧。

「把……把你的……你的還比較好。」

「嗯？這種說法讓我不是很懂耶。」

「○○○，還比較好！」

「真的假的？是嗎，原來妳還嫌啊。那麼我也不能勉強妳。就用這根灼燒過的鐵棒吧。」

芙列雅嚇得直打哆嗦。接著她握緊拳頭，滿臉通紅地叫道：

「我要凱亞爾的那裡。拜託你，請把凱亞爾堅挺又雄偉的分身插入芙列雅體內！」

我忍不住爆笑了起來。嘻嘻嘻，這可真愉悅啊。

沒想到公主殿下居然會說這種話。所以，就再稍微欺負她一下吧。

「是嗎，原來妳那麼想要啊。芙列雅真的是頭淫亂的母豬呢。這種女人居然會是公主，國王肯定會哭泣，人民也真是可憐啊。」

「是，我想要。請務必這麼做。請您大發慈悲……」

甚至還下跪懇求我。芙列雅真是淫亂的女人啊。

「不過可惜啊，我對母豬沒辦法興奮。我想想，不然妳要做什麼都行，試著讓我興奮吧。要是沒辦法在十分鐘以內辦到，就用這根鐵棒。」

噢，我怎麼會如此親切呢。芙列雅搖搖晃晃地挺起身子。

「如何，凱亞爾大人？」

芙列雅擺出了女豹姿勢，趴在地上誘惑我。那張自滿的臉令人火大。

我抓住她的頭髮把頭抬了起來。

「就這種程度嗎？試著更下流地誘惑男人啊。還是說，妳其實是想要這個？是嗎？」

我把灼燒的鐵棒靠近芙列雅的臉後，她頓時瞪大雙眼。

「我會……我會更努力去做！」

這次是仰躺在地上，露出性器給我看。是很符合處女的鮮艷色澤。

「請把凱亞爾大人雄偉的陽具，插進芙列雅的這裡。」

「還不行呢，蹲下來扭動妳的腰跳舞看看。」

「好……好的。」

芙列雅按照我的指示蹲下來，用讓我能看到性器的角度跳舞。這幕與其說興奮不如說令人發笑。當我指著她笑出聲後，芙列雅更加感到羞恥。邊哭邊跳的模樣滿足了我的施虐心。

「那麼，接著就自慰看看。要是插進還沒濕的地方可是會痛的。」

「好……好的。請觀賞下賤的芙列雅自慰的模樣。」

芙列雅拚命地用手指來回翻攪性器。房間響起了水聲，似乎是開始濕了。

真驚人，在這種狀況下居然會有感覺，真是個十足的變態。

總算興奮起來了。

我把母豬踹開按倒在地上，讓她做出像動物般四腳著地的姿勢後站在背後。既然要侵犯母豬，還是這個體位最好。

「很好，幹得不錯。我要給妳獎賞。就是侵犯妳。來，我這就給妳渴求的東西。」

「感……感激不……盡咿咿咿咿咿咿咿咿咿！」

我挺進後，芙列雅發出了宛如豬玀般的悲鳴，還滲出了血來。看樣子她已因為我而變成了大人。

「好痛……好痛……好痛……那裡好痛……求求你，再溫柔點……我要死掉了，好痛！」

「啊？妳越痛我就越舒服啊，怎麼可能停下來。」

就像是要翻攪芙列雅的傷口似的，我一邊狠狠拉扯她自豪的頭髮，一邊從背後激烈地擺動腰部。每當我往前頂她就會發出慘叫，令人相當愉悅。

不過這樣感覺實在越趨單調。難得眼前有這樣白嫩又多肉的美妙屁股。

我不經意地朝屁股狠狠打了一巴掌。隨即發出「啪」的美妙聲響。

「啊咿咿咿咿咿咿咿！」

芙列雅發出了前所未聞的慘叫聲。鬆緊度變得更好了。

「好痛！為什麼……屁股好燙！」

「別管了，快叫啊豬。還是說，妳希望我給妳更多懲罰？」

「對不起。對不起。請你不要對我做更過分的事……」

早知如此，那打從一開始就不該忤逆我。話又說回來，打屁股還真有趣呢。每次拍打就會發出有規律的絕妙音調。於是我不斷地擺動腰部，時而拍打她的屁股。

每當芙列雅要翻白眼昏厥過去時，我就會把手插進她的喉嚨，強迫她清醒過來。

就在我做著這些動作時，腰部也熱了起來。當我加快節奏，芙列雅的慘叫就越發淒厲。

「咿……啊……好痛……住……住手……求求你，不要射出來……算我求你……」

「是嗎，妳討厭射在裡面啊。那麼我更要射進去了。」

我往更深處用力一頂，將自身精華傾瀉而出。拔出男根後，從芙列雅的蜜壺溢出了濃濃的白濁液體。

「妳是個挺不錯的玩具喔，芙列雅。」

我讓芙列雅的臉面向我，並將沾滿了芙列雅的血、愛液以及精液而汙穢不堪的男根塞到她的嘴裡。直接頂向她的喉嚨深處來清洗乾淨。從她口中拔出時，已經變得十分乾淨。

芙列雅吐了。髒死了。

「不要……我不要老百姓的孩子……好髒……絕對不要……」

弗亞蕾呈現半瘋狂狀態，開始摳出白濁液體。看樣子這頭豬沒有學習能力。做出這麼有趣的反應，她應該想像得到我會怎麼做吧。

我側眼看了忘我地摳出白濁種子的芙列雅一眼後走向暖爐。得先把徹底涼掉的鐵棒重新加熱，好，完畢。

「芙列雅，就算妳拚命摳也沒有意義啊。」

「咦？」

「有一種能確實防止懷孕的方法。因為我很溫柔，要幫妳也行。」

芙列雅的眼神閃爍著光芒。一想到不用懷上百姓的小孩居然讓她這麼安心。

「拜……拜託您！」

「那麼，把那邊撐開吧。」

芙列雅按照我的吩咐將性器撐開呈現在我眼前。溫柔的我就好好幫她讓精子失去效力吧。

「那，要消毒嘍。因為精子對熱沒抵抗力。所以燙過後就絕對不會懷孕。」

「咦……」

芙列雅發出不像樣的聲音。看樣子，她總算察覺到我手上拿著燒灼的鐵棒。

「呀啊啊啊啊啊啊啊啊啊啊啊啊啊啊啊啊啊啊啊啊啊啊啊啊啊啊！」

放入鐵棒……不過是做做樣子。

芙列雅光因那恐懼，就從所有洞口流出液體昏了過去。

「噗……哈哈哈哈哈哈哈！」

由於這畫面實在太過滑稽，我指著那頭母豬嘲笑了一番。

◇

有點做得太過火了。搞不好會因此而死，所以正在幫她【恢復】。
芙列雅彷彿有了精神障礙似的用空洞的眼神發出「啊……啊……」的叫聲。
好了，到這個地步幾乎已經完成了痛覺上的折磨、性的復仇以及精神上的打擊。
接著，就只剩毀壞她的自我，當作方便的道具使喚。
芙列雅現在壞了大約九成。
一般女人老早就精神崩壞了，但她就像蟑螂般頑強。雖然也因此我才能樂在其中，不過也差不多厭倦了。
給她最後一擊吧。
「【恢復】。」
我將剛才使用【恢復】時故意不完全治療的傷口也全部治好。再來，為了給她最後一擊施展了【改良】。
「啊……嗚……啊啊……」
芙列雅發出宛如嬰兒似的呻吟，我拉住她的頭髮將人拖到鏡子前面。
我讓芙列雅照鏡子。芙列雅的眼睛落下淚珠，眼睛的焦點漸漸對上。

「啊啊……啊啊……啊啊啊……我……我的……臉……我的臉……」

「如何，我幫妳變可愛嘍。可得感激我啊。」

「不要……這樣的……才不是我的臉！」

芙列雅的臉並非她自己熟知的臉。儘管還殘留原來的面貌，但已改造成我喜歡的樣子。

「接下來，妳的記憶會被消除。相貌改變，甚至連記憶也不復存在的妳會從這世上消失。然後順理成章地成為我方便的道具。不論是作為處理性欲的奴隸或是在戰場上當盾牌，我都會好好使用的，放心吧。至於城裡的事妳也不用擔心。我會隨便找具屍體【改良】成妳的模樣。一旦到時被人發現，就會當作妳已經死了吧。」

通常若是公主被抓，王國應該會派人搜尋到天涯海角吧。

但是，既然在城內發現芙列雅的屍體，而本人的相貌也被改變甚至失去記憶，任誰也不會懷疑是我把人帶走。這樣就能放心地帶著芙列雅一起走。

「太好了呢。等下次清醒，妳就會成為我忠實的奴隸嘍。像妳這種人渣能洗心革面重新做人，這不是太棒了嗎？」

「咿……不要……不要啊啊……討厭，住手……不要不要不要不要啊啊啊！」

芙列雅開始吵鬧，然而在如此懸殊的狀態值差距面前根本沒有任何意義。

「我很溫柔，所以會給妳時間和至今為止的自己道別。給妳一分鐘，在『芙列雅』消失之前儘管祈禱吧。」

芙列雅哭喊大鬧，然後，在最後完全崩潰了。

啊，太好了。在最後的最後能把妳完全玩壞。

「再見啦，芙列雅。【改良】。」

芙列雅所有的記憶都被抹除。但只侷限在記憶的部分，知識還是有好好留下。【改良】甚至能辦到如此精密的事。等她清醒後，滑稽地灌輸她各種資訊吧。

那麼，目的已經達成，儘快帶著芙列雅離開城內吧。

成功地把破壞我人生的女性摧毀，當作方便的奴隸。

空氣真清新。

身體好輕。

太美妙了！這就是達成復仇的感受嗎！

現在這個瞬間，我是全世界最幸福的男人！

第十二話 回復術士前往下個城鎮尋找同伴

結束復仇後，我思索逃出城裡的方法。

儘管房間有上鎖，但畢竟是公主的房間。何時有人來都不足為奇。

有一個大型行李讓脫出的難度變高。

如果只有我一個人是可以輕鬆逃脫，兩個人的話就得花點巧思。

「算了，在那之前先來收取當前必要的資金吧。」

我從侍女的屍體取走錢包。又搜刮了房間，取得了許多方便換錢的寶石類物品。其實，禁衛騎士隊長的錢包也已經在我手中。

他們不愧是在公主身邊的人，坦然地拿著金幣走來走去。

這樣暫時就不會為錢所困了吧。

使用【恢復】之力來賺錢是很容易，但要是賺得太過頭反而會陷入讓自己過於顯眼的窘境。至少在離開這個鎮上之前還是得盡量避免造成騷動。

我穿上禁衛騎士隊長的鎧甲。如果用禁衛騎士隊長的模樣，就能從正面逃走。哎，禁衛騎士隊長居然毆打我，也真是做了蠢事啊。

他的部下會對他去了公主的房間一事提供證詞。

這場騷動的一切罪行都會由他背黑鍋。畢竟我出城後就會改變樣貌，基本上不可能被抓。

王家肯定會將他的血脈趕盡殺絕吧。

「好啦，得設法處理這女人才行。」

就算是禁衛騎士隊長，要是被人看到揹著一個全裸的女人，再怎麼說還是會遭到懷疑。

我把穿在鎧甲下面的內衣套在全裸不省人事的芙列雅身上。這房間沒有芙列雅的衣服。大概有另外一間專門放衣物的房間吧。侍女的衣服沾滿血跡根本沒辦法穿。

由於我【改良】了樣貌，應該誰也不會察覺她是芙列雅。如果遭人盤問，那就說是某位貴族千金喝醉酒，正準備送她回家好了。

做好了逃脫的準備，我詠唱【改良】，易容為禁衛騎士隊長。

隨後再將可燃物品集合起來，擺放在適當的場所。

接著，我將照明用的燈油大量潑在地上，點火後燃起小小的火焰，煙霧隨之竄起。

我調整成一個小時後就會發生火災。想必在我出城時就會燃燒得非常旺盛吧。這是兼具伴攻作戰和湮滅證據的手段。畢竟用魔術的調查方式意外地不容小覷。

透過殘留在這房間的痕跡，很有可能被人揭穿真相，並追查到我們的所在地。

殘忍殺害了公主後又在房裡縱火，這可是犯下了滔天大罪。被抓到的話究竟會受到何種懲罰呢？

算了，沒差。反正背黑鍋的人是禁衛騎士隊長。

感覺好像疏忽了什麼。但不管這麼多了，趕緊離開吧。離火燒起來已經沒剩多少時間。

我用公主抱抱起芙列雅離開房間。踏出房間的那瞬間得繃緊所有神經。畢竟要是一出去就被看到那可就百口莫辯。離開城堡的途中，正如我所想的遭到盤問，但用事先準備的說詞就輕易迴避了危機。

雖然有人歪想說我要帶著女人去找樂子什麼的揶揄了一番，這也沒有問題。

在半路上遇到當初為了提升等級上限而襲擊我的女人，復仇的同時順便將她改變成芙列雅的模樣殺了她。這樣一來就準備好偽裝用屍體了。

出城後移動到城鎮的我前往鎮上的河川，扔下騎士鎧甲任它隨波逐流。

只留下了劍。只是由我來用的話有點太大又過重，實在難以駕馭。

機會難得，就用鍊金魔術鍛造成了我喜歡的外型。此時我不經意地往城堡的方向望去。

火勢正在熊熊燃燒。噢，真漂亮。我不禁佩服自己的精湛手法。

在夜間要離開城鎮是很危險的，總之先找間旅社住下吧。

好了，我要【改良】成什麼模樣呢？

我想想，就反映我的內在，改造成一個斯文的年輕有為青年吧。

嗯，就這麼辦。而且那樣似乎也比較方便。

望向水中的倒影後，那裡映照著一名如同我的想像，有著一副好人臉的少年。

之後我抱著芙列雅，在一間中等程度的旅社住下。有拿走錢包果然是正確的。就讓我有效活用他們的錢吧。

◇

在旅社住了一晚。這段期間我思考著將來的事，想著今後該做什麼。

主要的目的有三個。

第一個就是繼續復仇。【劍】之勇者及【砲】之勇者對我疼愛有加，得回報他們的恩情。

【劍】之勇者是男性打扮的美女，而且是喜歡女性的女同性戀，每當芙列雅向我搭話就會自顧自地吃醋，總是苛刻地對待我。我想對她處以適當的報應。【砲】之勇者有戀童癖，對我做了不少性虐待。我無法原諒那兩個人。

第二個，我想和魔王碰面。

我跟她無怨無仇。只是我很在意她最後說的那句話，想知道她究竟想守護什麼。

若能順便終結人類與魔族的戰爭，也不失為一種樂趣。

第三個，我想變強到極限。

老實說，現在的狀況非常糟糕。希望有能正面對抗苦難的強悍。

昨晚，我突然察覺到自己犯下了無可挽回的失態。

那就是忘了殺掉【改良】成我的模樣的禁衛騎士隊長。儘管我以絕對無法治好為前提弄爛他的喉嚨，打成無法提筆的身體，但只要藉由鑑定紙確認狀態值，他才是禁衛騎士隊長一事馬上就會曝光。

這樣一來，敵人就會察覺我有改變樣貌的能力，進而發現昨晚抱著女性離開城堡的禁衛騎士隊長才是我。而且，還有可能聯想到那個女性就是芙列雅。

只不過，我怎麼想都不覺得會有人對那個狀態的禁衛騎士隊長使用鑑定紙。

就算他們真的這麼做，那也是因為他完全無法使用【恢復】，苦思不解的狀況下為了查明原因才會……在事情演變成這樣前應該還有充裕的時間。

或者，禁衛騎士隊長被用聖靈藥治療後拚命辯解自己不是凱亞爾。

「事到如今要潛回城內也很困難。」

公主被人殺害，房間甚至還被縱火，如今已布下了前所未有的嚴密警備體制。

還是別承擔這種不必要的風險吧。

最安全的做法，就是盡快逃往他國。今天就花一整天讓芙列雅脫胎換骨，明天再出發。要走的話應該要以東方為目標。那裡被稱為自由都市，出入的人口很多，管理上較為鬆懈。

在我旁邊的女性開始動來動去，這人是芙列雅。昨天我和芙列雅睡在同一張床上。

她總算要清醒了啊，不知道是否有順利清除她的記憶。

芙列雅醒來後，開始惴惴不安地左顧右盼。

「咦，這裡是哪裡？我到底……做了什麼……」

然後楞了一下。抱住自己的頭沉思了一會兒。

「什麼都……想不起來。話說回來，我……是誰？」

她很不安地絞盡腦汁思考，但這根本徒勞無功。

反正妳什麼都想不起來，因為妳的記憶已經被消除了。

不，有些許不同。正確來說是遺失了打開記憶之門的鑰匙。

即使是我的魔術也無法消去記憶，所以是讓她無法回想起來。

到時候，等到了無法回頭的地步再讓她恢復記憶似乎也是不錯的主意。

比方說讓她愛上我，毀滅相信是邪惡化身的自己國家後，在這種時間點恢復記憶似乎也挺有意思。

先別妄想了，得馬上來教育她才行。

「妳總算清醒了嗎？我放心了。」

我抱緊芙列雅的身體，宛如彼此是一對情侶。

「你……你究竟是誰？」

「妳想不起來我是誰嗎？」

我故意裝出了吃驚的反應。

「嗯，那個……我甚至連自己的事情都不曉得。」

我將芙列雅從擁抱的姿勢解放，再緊緊地抓住她的肩膀。

「怎麼會？為什麼會變成這樣！妳的姓名叫芙蕾雅，是我的隨從。明明我們彼此深深相愛，妳竟然把這一切都忘了嗎……」

我筆直地注視她的雙眼的同時，使用了催眠魔術。

並將殘留在我體內的麻藥成分用鍊金魔術萃取出來將其汽化。是魔術與藥的雙重奏。

這對沒有記憶，陷入空窗狀態的人非常有效。

只要有效活用存在於我體內的知識，這點程度我還是能辦到。

至於芙蕾雅則是芙列雅的新名字。即使外表改變，但還是把名字也換一下比較安全。會取接近原本姓名的用意是為了減少無意識下的不協調感。

「我……和你……彼此相愛？」

「沒錯。妳深深地愛著我。妳從三天前開始就因為發高燒而失去意識。好不容易才清醒過來，沒想到居然會喪失記憶！太可憐了，我的芙蕾雅……」

儘管設定和演技都很粗糙，但用在現在的芙列雅身上這樣就足夠了。

證據就是她用朦朧的眼神看著我，逐漸相信我隨口亂掰的謊言。

於是我再加入了滑稽的設定。芙列雅……也就是重生為芙蕾雅後的這名女性對侍奉我一事感受到無比的喜悅，能為了我而心甘情願地獻出生命，是個無論如何過分的命令都會欣喜聽從的乖巧母豬。

「我是……芙蕾雅，你的僕人……也是母豬。」

用喪失理性的眼神複誦這句台詞的芙列雅……不，是芙蕾雅。

「只要結合肉體或許就能想起什麼。芙蕾雅，就像平常那樣懇求我吧。」

就這樣，我灌輸她根本不存在的性癖玩弄了一番。

在辦事的途中，催眠狀態下的快感進一步徹底覆蓋了她的想法。當一切都結束後，我躺在床上，芙蕾雅主動牽住我的手。嗯，看來她真的認為我是主人。

一邊在床上打盹，芙蕾雅一邊以飽含愛意的眼神看著我，接著開口說道：

「呵呵，儘管記憶還沒恢復，但我明白你對我是很重要的人。我忘了問一件很重要的事，請問你的姓名是？」

我有點傷腦筋，這麼說來我還沒決定呢。

既然都改變了外貌，那也得換個姓名才行。對了，就取個感覺很強的姓名。

「我叫……凱亞爾葛。別再忘記了。」

重生的我叫作凱亞爾葛，感覺比凱亞爾還強呢。

◇

我花了一天將芙列雅調教成可愛的奴隸芙蕾雅，隔天則是到鎮上準備旅行所需的物品。

前公主殿下正堅強地幫我提著行李，而且還掛著滿臉笑容。這光景著實讓人愉悅。到了下個城鎮就先買奴隸吧。至少得找一個前衛才行。

天賦值的重新分配只能用在我自己身上。由於芙蕾雅是魔術士，以一個肉盾來說性能太低，絕對需要一個前衛。

就選亞人的奴隸吧。只要用某種方法，亞人就絕對不會背叛。人類無法信任，根本不知道他們何時會背叛。我已經決定要洗腦的對象僅限復仇對象。如此善良的我除了亞人奴隸之外也沒有其他選擇。

然後，既然要買就買女人。這樣要提升等級上限也比較方便。雖說男人也不是辦不到，但這是心情的問題。當我盤算著這些事時，公布欄進入了視野之中。

「啊哈哈哈哈哈哈哈哈哈！」

我忍不住爆笑了起來。因為映入眼簾的是禁衛騎士隊長的肖像畫。正如我所料，他被視為大罪人懸賞了高額的懸賞金。

仔細一看，鎮上到處都貼滿了禁衛騎士隊長的肖像畫。

真可笑，居然在找不是犯人的傢伙。看樣子應該可以輕鬆逃走。

好了，趁這國家的廢物耍笨的時候，去下個城鎮尋找同伴吧。

當我買妥旅行必需品後太陽也下山了，就去旅社再住一晚，明天再離開這座城鎮。

第零話 凱亞爾覺醒之日

作了一個夢。由於那夢境已反覆作過好幾次，在開始的瞬間我就會察覺這是夢。

這是……第一輪的世界。我連人格都被奪去，過著只是被利用的每一天的夢。

而且，也是直到我取回自我的夢。

◇

四名男女在蔥綠茂密的森林中被一群魔物團團包圍。

魔物的第一波從空中襲來。有好幾十隻石身長著翅膀的人型惡魔石像鬼快速從天而降。

「可惡，不愧是魔族的支配領域。魔物實在多到不行。」

一名皮膚黝黑具有魁梧肉體的壯漢拿著大砲……神砲塔斯拉姆連續砲擊一邊發著牢騷。

他的動作十分靈敏，每當神砲塔斯拉姆擊發出魔力彈，石像鬼就遭到粉碎。即使石像鬼打算閃躲，子彈也會追蹤上去捕捉牠們。

他用超高精度射出的魔彈不僅匹敵人類所能使用的最強魔術——第五位階魔術，而且還能毫不間斷地射出，持續形成追蹤敵人的層層彈幕。

原本，石像鬼的高速飛行能力在對抗人類時具有壓倒性優勢，而且那不合常理的防禦力還能抵擋絕大多數的攻擊，是一種凶惡的魔物，然而現在卻被單方面獵殺。

能辦到這種絕活的在這世界上僅僅一人，那就是【砲】之勇者布列特。

「布列特，別在那說廢話了。芙列雅公主，請您放心。我【劍】之勇者布蕾德絕對不會讓您被傷到任何一根寒毛。」

地上也有敵人逼近，從天空與陸地雙面夾擊正是魔物們的目的。

【砲】之勇者光是為了牽制上空就已使出渾身解數，因此應付地面魔物的另有其人。

是名手持寶劍的俊俏青年。不，女扮男裝的美女用特殊的移動技巧，使出在旁觀者看來彷佛消失一般的速度迎擊魔物。

出現在眼前的魔物是有著宛如黑色鋼鐵般堅硬體毛及銳利爪牙的魔虎——黑暗虎（Dark tiger）的集團。

黑暗虎是種智能極高的魔物。牠們認為男裝打扮的美女移動迅速，要捕捉她的動作相當困難，轉而選擇將她引誘過來。

黑暗虎打算用自豪的體毛接下勇者的劍，包圍起來再朝她咬去。為此，幾隻黑暗虎移動到容易被砍中的位置，將魔力注入在體毛上提高防禦力，其他個體則像是要將誘餌圍成半圓狀一般移動。

男裝美女揮下的劍被吸進當作誘餌的黑暗虎身體之中。

與此同時，呈扇形排開的黑暗虎同時襲擊而去。

黑暗虎們深信自己贏了，想不到……

「可別太小看我的劍啊。」

男裝美女早看出黑暗虎的意圖，故意落入牠們的圈套。

作為誘餌的黑暗虎被一刀兩斷，她順勢快速揮劍並轉了一圈，斬殺襲來的幾隻黑暗虎。

男裝美女朝剩下的黑暗虎急馳而去。

黑暗虎那身灌注了魔力的體毛可匹敵傳說金屬祕銀。然而這名劍士卻將其輕易切斷，甚至還擁有遠遠超越野獸的速度。

沒錯，她正是【劍】之勇者布蕾德。

「布列特、布蕾德，到我身後來。那邊很危險。」

響起了凜然的聲音。

具有一頭淺桃色秀髮的美少女靜靜地閉上眼睛，在腦裡展開魔術演算式的同時召集同伴來到身旁。

「收到啦，公主。」

「是，芙列雅公主。」

兩人退到芙列雅身後的同時，「那個」隨之而來。

從空中降下了無數冰彈、火球以及雷擊之雨。

魔物們的真正目的是這個。從天空和陸地兩側同時進攻，如果能收拾敵人的話當然好，但就算沒辦法收拾也能拖住他們的腳步。

攔住敵人之後，再交給後方的魔物們用遠距離魔術進行最大限度的攻擊。是個完美的作戰。

如果要說有失算的話⋯⋯

「第六位階魔術【破魔聖域】！」

就是敵方存在一名具有壓倒性力量的魔術士。

淺桃色頭髮的少女身旁五公尺左右的範圍描繪了一道魔法陣，結界隨之浮現。接觸到那結界的瞬間，所有的魔術都將遭到瓦解失去意義。

要將魔術無效化，除非有將近大人和小孩的力量差距，否則不可能辦到。然而這並不是魔物太弱，這群魔物即使以人類的角度來看也具有等同於上級魔術士的力量。

只是，這名淺桃色頭髮的少女是到達第七位階的神域魔術士。比被稱為人類極限的第五位階魔術還高出兩個位階。

她的魔術尚未結束。

「再來，第六位階魔術【迅雷狂亂】！」

與堅固到蠻不講理的防禦結界同時使用，發動了別的魔術。

這是只有超一流的魔術士才能使用的超高等技術。除了第七位階的魔術以外，她可以同時構築使用所有魔術。

上空冒出烏雲，無數的雷霆傾注而下。

這就是超廣範圍殲滅魔術【迅雷狂亂】。

雖然魔物們想逃走，但攻擊就如字面所述等同雷速。根本無法迴避，直接被燃燒殆盡。

當雷電停止時，已經沒有任何一隻魔物還站著。

能辦到這種絕技的魔術士在這世上唯獨一人，只有【術】之勇者芙列雅。

【劍】之勇者布蕾德。

【砲】之勇者布列特。

【術】之勇者芙列雅。

人類史上屈指可數的強者們為了討伐魔王，踏入了魔族的支配領域。

「不愧是芙列雅公主。真是讓人讚嘆的魔術。」

「布蕾德，妳的劍技也十分優美。妳的武藝又提昇了呢。」

「喂喂，怎麼不誇獎我啊？」

三人或許是在戰鬥結束後安心了下來，愉快地笑著回顧剛才的戰鬥。

然後，芙列雅轉頭望去。

她的眼神中沒有一絲對同伴該有的溫柔。

「你也稍微戰鬥一下如何？」

「啊嗚，啊啊……」

轉頭望去的地方站著一名少年。

那是個眼神宛如死人的小個子少年。儘管少年具有會讓人誤以為是少女的端正可愛五官，然而他的表情以及頹廢的氣場卻毀了這一切。

甚至連話都不能好好表達的他，內心比外在毀壞得更為徹底。

「就算和凱亞爾搭話也是沒用的。畢竟他已經壞掉了嘛。」

布蕾德用食指轉來轉去後攤開雙手。咕嚕咕嚕啪～

她在戲弄這個少年。

「說得也對。好了，快點跟上來吧，凱亞爾。請你至少要好好地提行李。」

「啊，啊……」

被稱為凱亞爾的少年點點頭，跟在他們的後面追了上去。

他已經壞掉了。

原本凱亞爾是個充滿正義感的開朗少年。

他覺醒為【癒】之勇者，離開村子時在村裡的大家面前發誓要成為一個出色的勇者，被投以微笑歡送出村。對於父母都被魔物所殺的他而言，這個誓言是他從小以來的夢想。

而這樣的他會壞掉是有理由的。那就是【癒】之勇者的力量——【恢復】的副作用會讓人承受幾近發瘋的疼痛與恐懼。

他因無法忍受那股力量而受挫。

然而，【恢復】是種方便的力量。為了利用那股力量的吉歐拉爾王國透過藥物讓他不再感受到疼痛與恐懼，使他人格崩壞，甚至還將其變成沉溺藥物快樂的奴隸。

如今，在這裡的人只是名為凱亞爾的殘骸。沒有自我意識，只要能拿到藥就會言聽計從的人偶。

「想僱用個搬行李的人呢。只有那一隻的話實在令人不安。」

「帶過來的除了那隻以外全部死光了嘛。要在這裡活下來得要有一定程度的實力才行。」

「對於要有實力這點我也有同感。不過我倒覺得凱亞爾算做得不錯了。況且【恢復】也很方便嘛。」

唯獨【砲】之勇者布列特袒護凱亞爾。

聽到他說的這句話，【術】之勇者芙列雅和【劍】之勇者布蕾德笑了出來。

「裝什麼好人。你不就是對凱亞爾最過分的人嗎？」

「是啊，如果我是凱亞爾早就自殺啦。」

「喂喂，你們也說得太過分了吧。我可是很疼愛凱亞爾耶。對吧，凱亞爾？」

布列特用他粗壯的手臂搭在凱亞爾的肩上。

理應不會感受到恐懼或疼痛的凱亞爾卻開始顫抖。

看到這一幕，芙列雅和布蕾德笑得更是大聲。

布列特的太陽穴爆出青筋，揍了凱亞爾。這是【勇者】全力的一擊。凱亞爾就像乒乓球似的被揍飛出去撞上樹幹。

「你這傢伙，我平時不是都很疼愛你嗎！」

凱亞爾用沒有感情的眼神注視布列特。

「可惡，真讓人不爽。是想休息多久，快跟上來啊。」

凱亞爾挺起身子，想快步地跟上去。然而被毆打的傷勢使他站不穩腳步。

接著被指責不准落後，再度遭到痛打。

這是一如往常的光景。

任誰都不覺得這有異常。因為凱亞爾被這樣對待在這支隊伍裡是理所當然。

◇

在森林裡前進一段時間後，眾人開始準備野營。

【砲】之勇者布列特也是一流的獵人，他採取森林的恩惠，到河川捕魚確保糧食。

在這段期間，【劍】之勇者布蕾德搭建帳篷或是收集柴火，【術】之勇者芙列雅則是餵狗吃飼料。

這是一如往常的工作分配。

芙列雅帶著凱亞爾進入帳篷。

「啊啊……啊嗚……啊啊啊……」

凱亞爾全身顫抖不已。

這是因為失去藥效而使得禁斷癥狀發作，當初為了不會讓他感到恐懼及疼痛而下的藥物，如今已演變成一種依賴症。

「來，凱亞爾，這是藥喔。很想要對吧。」

「啊嗚，啊嗚！」

凱亞爾用力點頭。

芙列雅見狀，臉上露出了邪惡的表情。

「那，就做平常的那個吧。來，露出雞雞。」

「啊嗚。」

凱亞爾按照芙列雅所調教的方式展現才藝。

他脫下褲子，露出陽具。

「啊哈哈哈，你難道都沒有自尊嗎？」

「啊嗚啊嗚。」

芙列雅看著丟臉的凱亞爾笑了出來。對她而言，凱亞爾是用來消除壓力的玩具。

「好，做得不錯。」

芙列雅將裝有藥物的小瓶子放在地上。

凱亞爾見狀眼神一變，朝藥物撲了過去。

「等等。」

因為芙列雅一句話而停下動作。就算是幾乎不殘存任何理性的凱亞爾，也已經用身體牢牢記住一旦無視等待的命令，就會受到嚴懲，暫時不會再拿到藥物。

「啊啊啊，啊啊啊……」

凱亞爾的藥物成癮症狀越來越嚴重。

即使如此還是不能出手，這種不耐的心情讓凱亞爾幾近發瘋。

「啊啊啊，啊啊嗚……」

最後終於落淚。

隨後他撲倒在地，將臉貼近到能聞味道的極限。

「啊嗚……啊嗚嗚……啊啊……」

凱亞爾泣不成聲，開始做出死命將舌頭伸長的費解行動。

由於那舉止實在過於滑稽，芙列雅發出比剛才更大的笑聲。

「好，有乖乖聽話呢。那我就給你藥吧，不過得像以往那樣。」

芙列雅撩起裙子，接著脫下內褲。

然後，把麻藥倒在自己的性器上。

「可以了！」

芙列雅語畢，凱亞爾就撲向她的陰部，使勁舔拭。

舔來舔去，舔來舔去。

就算舔到沒有藥了，他依舊基於還想舔藥的想法而不斷舔著。

「啊……好棒，凱亞爾，那邊……再來。」

芙列雅時而在陰部倒下藥物進行補充，讓凱亞爾繼續舔拭陰部。

對她來說這不過是自慰行為。

「啊……那裡好棒，啊，那裡……」

她抓住凱亞爾的後腦杓，用力地壓住他的頭。

凱亞爾只是無心地繼續舔著。

芙列雅弓起身子，身體開始顫抖。

凱亞爾的臉已因芙列雅的愛液而濕成一片。

「呼，狗也是要用對地方呢。畢竟你長相可愛，還算是個愉快的遊戲。哎呀，這個臭狗，難道你勃起了嗎？」

當他露出性器時就脫下了褲子，凱亞爾的那話兒整個曝露在外，看似腫脹得很痛苦。

「啊啊，啊嗚嗚……」

「明明只是條狗，居然對人類發情也太不知好歹了。難道你以為我會讓你做嗎？流著汙穢之血的區區平民，居然想上高貴的我？看來有必要懲罰你呢。」

凱亞爾被芙列雅踹飛後應聲仰倒在地，接著她踩踏凱亞爾的性器。

「啊啊嗚嗚啊啊啊啊啊啊啊啊啊啊！」

凱亞爾大叫，但即使如此芙列雅又踩了兩三下。

「只是被踩居然就變大了，真的是變態呢。好了，快給我反省。我叫你反省啊！為什麼反而在開心啊！」

芙列雅沉迷在新的遊戲中。極度興奮的快感使得她的祕瓣濕成一片，持續不停地踐踏。

最後，凱亞爾不動了。

「呼……呼……呼……舒坦多了。真是的，為什麼貴為公主的我得踏上這麼不方便的旅行呢？如果不像這樣消除壓力根本就撐不下去。這個隊伍，除了我之外都很噁心。盡是些奇怪的人，感覺連我都要變奇怪了。啊，今天的藥還剩下一點，我想到一件好主意了。」

芙列雅將藥倒在被無情踐踏的凱亞爾的那話兒。

「啊啊，啊嗚！」

凱亞爾拚命彎曲身體，舔舐自己的陽具。柔軟的身體讓他能辦到這點。

然後，高潮了。

「啊哈，啊哈哈啊哈哈，厲害，真厲害！凱亞爾真是的，居然自己舔自己還高潮了。真是變態，十足的變態。你看，這不是都沾到臉上了嗎？自己射的汁液還香甜嗎？啊哈哈哈哈！」

今天最盛大的爆笑聲。

凱亞爾舔著自己的那話兒，直到藥的味道消失為止。

◇

凱亞爾就那樣筋疲力盡地躺了一段時間。

芙列雅早已不見蹤影。

此時出現了一道人影。

是【劍】之勇者布蕾德。男裝的美女。她是個女同性戀，平時就為了方便勾引女性而打扮成男人的模樣。

而且，她還愛著芙列雅公主。

她的手上拿著一根木棒。

隨後用木棒敲地。

「這隻……臭狗。我看到了喔，親眼看到了。明明只是個骯髒的男人————————！竟敢觸碰芙列雅大人，還舔她……你以為這樣會被原諒嗎！」

「……」

凱亞爾用沒有感情的眼神看著布蕾德。

那是被硬逼的，強迫的，要是不舔的話就沒辦法拿到藥，因此失去了理性。

然而她無法接受這個理由。

因為她嫉妒，僅此而已。

「我要處罰你，讓你沒辦法再對芙列雅大人做壞事！這是教育啊啊啊啊啊啊！」

她用木棒一次又一次地毆打凱亞爾。

布蕾德知道弄壞凱亞爾會惹芙列雅生氣，所以有留意別打死他。

然而，除此之外可說是毫不留情。

她一邊說著憤怒粗暴的言語，並持續毆打。

這使得凱亞爾的肌膚變色，如今已經不再是肌膚的顏色了。

全身腫脹，變得一動也不動。

「呼……呼……就算你再沒記性，做到這種程度也該懂了吧！別再碰芙列雅大人！」

說完這句話，布蕾德打算就此離去。

然而，卻在中途停下腳步。

「舔過芙列雅大人的舌頭。可是，他是男人……即使如此，只要能舔到芙列雅大人的那裡……」

布蕾德往回走。

然後，硬是將凱亞爾的嘴巴張開，把舌頭伸進去後開始交纏。

不知是否興奮使然，她用自己的手撫慰性器。發出了咕啾咕啾的水聲。

「啊……啊啊……芙列雅大人……芙列雅大人的味道好香甜。」

最後，迎來了高潮。

正以為她要放凱亞爾一馬時，布蕾德突然拿起木棒打了他的臉。

「都是你……都是你的錯，儘管是為了和芙列雅大人合為而一，居然要我和男人接吻……嘔嘔嘔嘔，嘔嘔嘔嘔嘔。殺了你，殺了你！」

布蕾德不停地用木棒毆打。此時她也不再顧慮是否會打壞凱亞爾。

她毆打到氣消為止後，這次才總算離去。

凱亞爾不發一語，只是用沒有感情的眼神注視著布蕾德的背影。

◇

凱亞爾的肚子叫了。

因為他什麼也沒吃。

由於被反覆毆打的緣故，導致他無法動彈。

凱亞爾只能等身體痊癒。

他是個高等級的回復術士。既然在同一支隊伍，就會分配到經驗值。多虧高等級的回復術士具有的回復力強化，他正以超乎常理的速度治癒傷口。

正因為知道這點，芙列雅和布蕾德才會毫不留情地痛歐凱亞爾。

就算低等級時不行，如今高等級的他可以把【恢復】用在自己身上，但是現在的凱亞爾沒有收到別人的命令就不會主動使用。

此時，一名客人現身了。

「嗨，凱亞爾。真可憐啊。那些傢伙又對你這麼殘忍啊。」

皮膚黝黑的壯漢，是【砲】之勇者布列特。

「我把飯拿來嘍。我有叫布蕾德那傢伙把飯拿過來，不過聽你肚子的聲音八成是沒讓你吃吧。反正那傢伙肯定扯什麼這是處罰把飯丟了。真是過分啊。」

布列特用溫柔的聲音對凱亞爾投以微笑，在他的旁邊坐下。

「懂了吧。站在你這邊的人就只有我，愛著你的也只有我而已啊。」

布列特用手撫摸凱亞爾的屁股。

隨後更將手滑到凱亞爾的性器緊緊捏住。

「來，我餵你吃吧。」

布列特帶來的是烤魚、麵包和樹果。

他咬下烤魚並開始咀嚼。

接著用接吻的方式直接送到凱亞爾嘴裡。

凱亞爾被捏住鼻子，以不讓他窒息而死的方式強制灌食。

「如何，我很溫柔吧？想說你受傷沒辦法吃飯才這樣餵你吃呢。很溫柔對吧！」

布列特用滿是肉欲的臉窺視凱亞爾的臉。

值得依靠的大哥，身經百戰的勇士。然而潛藏在其外表下的，是只愛著年幼男孩的異常性欲者。

「啊啊……啊啊……」

凱亞爾出於本能感到恐懼，用滿身瘡痍的身體爬行拉開距離。

就算因為藥而忘卻恐懼，依然有在那之上的某種感情驅使著他。

「為什麼？為什麼……你要逃啊！明明只有我站在你這邊，只有我會對你溫柔，明明我這麼為你盡心盡力了啊啊啊啊！為什麼！為什麼你要逃啊啊啊啊啊啊啊！為什麼你就是不肯明白啊啊啊！」

布列特跨坐在凱亞爾身上。

然後把他壓在地上，不斷毆打凱亞爾的臉。

布列特還有另一個重大的缺陷。就是脾氣嚴重暴躁。

因為他愛著對方，認為對方當然也愛著他。一旦不順心就會馬上抓狂訴諸暴力。

此舉再加上布列特喜愛少年的性癖，他至今已經殺害了好幾名少年。

結果，以自動回復而慢慢痊癒的凱亞爾的臉龐反而變得更加悽慘。

「啊嗚，啊嗚……」

「呼……呼……呼……凱亞爾。你的臉好慘啊啊啊啊啊。我又犯錯了。原諒我啊啊啊，我沒有惡意啊啊啊！」

布列特給了凱亞爾一記強而有力的擁抱。

「我……真的很愛你啊。對不起，對不起喔。我沒打算要打你的。都是因為你不愛我。因為你不聽話我才會打你的。原諒我吧，打你的過錯，讓我好好溫柔對待你來補償。」

說完這句話，布列特吻了凱亞爾。

然後，將凱亞爾雙手雙腳著地，脫下他的褲子。

「做了那麼過分的事，我會盡情愛你來補償。凱亞爾，我要把我的愛教給你。」

然後，使勁地頂了上去。

我愛你，對不起，我愛你，對不起。布列特宛如詛咒似的不斷重複這些話語，並同時擺動腰部。

這就是這個男人的本性。

精神嚴重幼稚且不安定的戀童性愛者。

在盡情貪求凱亞爾的身體後，總算是解放了他。

此時，凱亞爾臉上的腫脹也已消失。布列特親了他一下。

「凱亞爾的臉，真可愛啊。第一次看到如此可愛的少年。」

布列特用陶醉的表情緊盯著凱亞爾的臉。

「不過，這張可愛的臉蛋在成長後也會變醜，實在太殘酷了。這麼漂亮的臉……會變成男人……變醜。實在無法忍受。」

「啊嗚……啊啊……啊嗚……」

布列特抱頭苦惱。

「我果然沒辦法忍受這個現實。所以，就讓時間在此停止吧。只要你現在死去，就能維持那可愛的臉蛋了。我會慎重保管的。所以，凱亞爾，為我而死吧。」

布列特用手勒住凱亞爾的脖子。

甚至發出了嘎吱嘎吱的奇怪聲音。

過了幾十秒後，布列特把手放開。

凱亞爾由於缺氧而咳嗽。

「啊啊啊啊啊，我又來了。我是個過分的傢伙。為什麼……會變成這樣。凱亞爾，原諒我吧。」

布列特抱住凱亞爾嚎啕大哭。

然後，在耳邊喃喃細語說道：

「今天犯的錯，就讓我明天再好好愛你來補償。」

丟下這句話後，布列特離開帳篷。

那根本不是贖罪，而是詛咒。

◇

被獨自留下的凱亞爾就像人偶似的一動也不動。

在這裡沒有人會溫柔對待他。無論是【術】之勇者芙列雅，【劍】之勇者布蕾德還是【砲】之勇者布列特，所有人都是敵人。

凱亞爾甚至無法抵抗。

然而，存在於他心靈深處的一塊碎片吼叫著。

不可原諒。要殺了他們。

他還僅存一點部分尚未遭到毀壞。

如今遭受數天一次的這種特別嚴重的虐待，那最後一塊碎片發出了吼叫。

對抗侵蝕自己身體的藥物。

透過這點，提高了【藥物抗性】的熟練度。

最後的一塊碎片至今為止已經抵抗過無數次。那並非徒勞無功，【藥物抗性】的熟練度正在一點一點，一點一點地累積。

如今終於開花結果。

「我……是誰？這裡……是哪裡？」

取得【藥物抗性】後恢復神智。凱亞爾總算找回自我。

在取回自我後，一切的記憶也隨之復甦。

不斷被逼迫使用【恢復】而殘留下來的英雄們的體驗與記憶。

自己身為勇者隊伍的一員所獲得的經驗值。

然後，遭到偏執狂般的虐待。

如果是以前的凱亞爾恐怕內心早已崩潰。因為一般人，不，就連超人都無法忍受。

然而，即使內心崩壞依然持續忍受這些痛苦的凱亞爾，具有能承受這一切的器量。

像跑馬燈一樣閃過，持續不斷的惡夢般的經驗。

凱亞爾抱著頭落淚。然而他卻沒有叫喊。而是將被脫下來的褲子含在嘴裡。

一旦發出聲音，就會被他們察覺。

如果不這麼做，很有可能會咬舌自盡。

龐大的經驗與記憶總算整合，接著他取下含在嘴裡的褲子。

「居然敢……居然敢背叛我。居然敢……這麼對待我。枉費我那麼相信妳！」

【恢復】的副作用帶來的痛苦超乎想像。他曾一度逃走。不過在那之後和芙列雅約定好了。

為了這國家，為了和平，最重要的是要為了芙列雅，自己要忍受這個痛苦，使用這股力量。

然而，芙列雅卻立刻用藥奪走凱亞爾的自我，將他貶為道具看待。就連一天都不願等。

「為什麼她能做出這麼過分的事？明明同樣都是人類！」

取回記憶後，凱亞爾對自己遭受的對待燃起滿心的怒火。

用雙手搥打地面，抑制聲音慟哭。

不管是芙列雅、布蕾德還是布列特，都不是人。

凱亞爾自問自答。能原諒他們嗎？

……怎麼可能原諒。

「要凌虐他們，毀壞他們，殺了他們。那些傢伙不是人，是惡魔。人類根本不會做出那麼過分的事。得擊退惡魔才行。」

凱亞爾開始一個人不斷喃喃自語。

然後，他一邊躺著，一邊開始思考復仇的方法。

雖然不甘心，但他們很強。不適合戰鬥的自己就算從正面迎戰他們也贏不了。

然而，凱亞爾注意到一件事。當他具體地思考如何殺他們的方法時，一名英雄的劍術浮現在腦海裡。

就好像被什麼給催促似的，他挺起身子模仿那個劍勢後，身體就如腦中所想動了起來。

並不只如此。還能使用無數英雄的其中幾招技巧。

「是嗎，因為我有【恢復】過的對象的記憶和經驗。」

凱亞爾對此感到有趣，開始模仿所有的技巧。

既然能辦到這些，就有勝算。

何況還知道應該不會的魔法，也能使用。

「既然要復仇，就得了解他們才行。幸好我幫他們【恢復】過好幾次。他們應該也存在著弱點。」

凱亞爾的臉邪惡地扭曲。

在芙列雅的記憶中發現了有趣的事。

魔王的心臟，賢者之石，被王都隱藏起來的禁咒。

芙列雅的真正目的是殺了魔王取得賢者之石，使用禁咒進一步征服世界。只要摧毀這個目的就是最大的復仇。

然而，光是這樣還不夠。對了，把搶來的魔王心臟給自己使用的話，是不是能辦到很驚人的事？說不定甚至可以【恢復】這整個世界。

「我要重啟整個世界。然後，這次就由我來破壞他們的人生。芙列雅公主，就讓妳當我的狗吧。我會把妳調教成聽話的狗盡情疼愛妳，就像妳對我做過的那樣。喜歡女人的女同性戀布蕾德，就讓我告訴討厭男人的妳何謂男人。而且還是在妳最喜歡的芙列雅面前。強姦魔布列特，我會讓你沒辦法再為非作歹。到時就扯下你的四肢，打爛喉嚨，讓你以醜惡的模樣活下去。對了！就讓你最喜歡的少年們來折磨你吧。」

思考著對每一個人個別的復仇方法，逐漸感到令人無可言喻的愉悅。

凱亞爾笑了。

對於被狠狠折磨的他來說，復仇代表著希望。

「力量，我需要力量。還不光是用【恢復】得來的知識與經驗。在那之前我要忍耐。忍耐，忍耐，忍耐到最後，在新的世界對他們復仇，然後得到幸福。」

得到幸福。

將這個詞彙深深地烙印在胸口。

「怎麼可以單單只是復仇就結束。這樣的話，不就代表我的人生全都被那些傢伙給奪走了嗎？不只是要復仇，在那之後，我還要得到幸福！」

凱亞爾恨他們恨到無可自拔。但是，既然有這個機會就重啟人生，那麼在復仇後就結束自己的人生，就顯得愚不可及。

他想得到幸福。既然見識過地獄，那就有變得比任何人都幸福的權利。

沒錯，他這麼對自己說道。

他從那天後就取回了自我。

◇

然後，為了要獲得實力不斷飢渴地思考，注意到比【恢復】更進一步的能力。

並不只如此，他從透過無數【恢復】得到的英雄知識與經驗中，找出變強的手法並將一切付諸實行。

為了變強甚至不惜吃下魔物。

在途中曾想過要馬上殺了那些傢伙。因為在有意識的狀態下還要忍受勇者們的虐待，幾乎與地獄無異。即使如此他還是忍了下來。

為了在下個世界完成復仇……並且得到幸福。

於是，旅程總算迎來尾聲。

他們終於抵達魔王的所在處。

只要在這裡搶先其他勇者一步得到賢者之石——

他將手放在自己那毫無感情的面具上。

如今，與魔王的戰鬥即將展開。

「總算……不用再忍耐了。」

他拿下面具。

在這一年來，為了持續裝成內心崩壞的模樣，就連一次也沒讓那些傢伙看到真正的表情。

不過，已沒有隱藏的必要了。他露出猙獰的笑容。

懦弱的凱亞爾已經消失了。在此的是為了變強而將一切啃蝕殆盡的強悍凱亞爾。

【砲】之勇者布列特被燒死。【術】之勇者芙列雅不支倒地。【劍】之勇者布蕾德身受重傷。

凱亞爾朝向魔王奔馳而去。他的腳步是如此輕盈。

接下來要打倒，強奪一切。為了要得到幸福。

第十三話 回復術士思思念念的全新城鎮

「凱亞爾葛大人！凱亞爾葛大人！」

聽見女人的聲音後，我隨之清醒。

環顧周圍。這裡是我住的旅社。

「早安。芙蕾雅，怎麼了？神情那麼驚慌？」

「因為您呻吟得很厲害，我很擔心所以才把您叫醒。」

「是嗎，讓妳擔心了……謝謝妳，芙蕾雅。」

「不會，我的一切都是為了凱亞爾葛大人而存在。這點小事理所當然！」

一頭淺桃色秀髮的美少女——芙蕾雅臉頰微微泛紅，驕傲地笑了。

芙蕾雅是我所憎恨著的芙列雅公主本人。

光是殺了她難消我心頭之恨。所以我消除她的記憶，改變樣貌，往後她一生會被當成無論是在戰鬥上或是處理性欲都能供我使喚的奴隸，榨乾她的利用價值。

至於她本人則是天真無邪地對能盡心盡力侍奉我感到喜悅，讓我差點露出邪笑。

「不用擔心。只是作了討厭的夢。不過……我認為能夢見那個夢是件好事。讓我想起自己的初衷。」

芙蕾雅疑惑地歪了歪頭，然而沒有必要讓她理解我的心情。

作了這個夢讓我想起來了。對芙列雅公主復仇不過是個開端。

現在，還剩下【劍】之勇者和【砲】之勇者。

那些傢伙也對我做了相當殘暴的虐待，絲毫不輸芙列雅公主。我絕對要向他們復仇。

◇

在旅社用過餐後，來到了鎮上。

原本打算搭乘前往隔壁城鎮的定期馬車，但由於目前處於戒嚴體制之下，馬車沒辦法正常發車。因此只能選擇徒步。

我們現在正準備要離開這城鎮，很簡單地就通過了盤查。這也是理所當然，畢竟被發了通緝單的人不是我，而是禁衛騎士隊長。

「芙蕾雅，給我好好提行李啊。」

「好……好的，凱亞爾葛大人。」

我還沒習慣凱亞爾葛這個新姓名，反應慢了一拍。

我和芙蕾雅揹著裡面裝著滿滿沉重行李的背包。

畢竟離隔壁城鎮有數十公里。就連是否能確保水源都是問題，所以就裝了滿滿的水、糧食以及替換衣物，其他也零零總總塞了不少，所以背包變得相當沉重。

為了準備這麼多的行李，開銷自然也很龐大。

但要是吝於準備旅行的裝備品事後肯定會後悔，所以選購了用輕巧又結實的素材織成的布縫製的牢固全套衣服，以及能覆蓋身體的斗篷一共兩人份。

到頭來還是沒買下附加魔術的物品，不過到時可以靠自己手工製作吧。只要有時間，靠鍊金魔術與我的知識就不成問題。

金屬鎧甲的防禦力較高，但不納入考量。在長途旅行還穿著金屬鎧甲的傢伙一定是腦容量不足的笨蛋。其他還購入了堅固的水壺、保存糧食及睡袋等等。

幾乎用掉手邊一半的金錢。看來有必要儘早賺錢。

「請……稍等一下，凱亞爾葛大人。行李好重……」

芙蕾雅有點上氣不接下氣。以她的狀態值來說，要扛這點行李應該是沒問題才對，恐怕是因為她不習慣活動身體，稍微動一下就受不了了。

「如果是芙蕾雅應該能撐住，再加把勁試試吧。」

「可是，我是第一次揹這麼重的行李，請再慢一點……」

「這也是為了芙蕾雅。要是妳在戰場上說自己累了動不了可是會死啊。而且我剛才也說過了，芙蕾雅應該能辦到才對。」

如果能力真的不足那也無可奈何，雖說是魔法職，芙蕾雅的等級有25，力量達到了超越常人的領域。

換句話說，就是心情的問題，她只是把自己的極限設定得比較低。如果不強迫她活動身體就沒辦法治好這點。

一旦驕縱，她就會永遠都是那樣了。

「我明白了！我會努力回應凱亞爾葛大人的期待。」

聽到我說的話後，芙蕾雅的腳步開始加快。看樣子她似乎鼓起幹勁了。

算了，當她體力耗盡開始肌肉痠痛時，就幫她【恢復】吧。

當我們抵達隔壁城鎮時，應該會有顯著的改善吧。

「凱亞爾葛大人是以隔壁城鎮的拉納利塔為目標對吧。請問您有什麼目的嗎？」

「是為了召集同伴。因為我和芙蕾雅都是後衛，想要找一個前衛。」

順帶一提，芙蕾雅認為我是某國的貴族，深信我們現在是一邊做著武者修行一邊踏上拯救世界的旅程這個設定。哎，這也不算說謊。畢竟我確實想到世界各地旅行，變強也是我其中一個目的。而且，我也打算終結與魔族之間的戰爭。

「原來如此，那邊的確有許多高強的冒險者呢。」

儘管記憶消失，但她還留有一般常識，似乎對那裡是什麼樣的城鎮有個底。

而拉納利塔，一言以蔽之就是個混沌的城鎮。

聚集了諸多來源合法與非法的商品，再加上出入城鎮容易，聚集了大量人潮。正因如此，有一半像是黑道的冒險者喜歡居住在此。是個很適合強者居住的城鎮。

「我對冒險者並不抱任何期待。至於我期待什麼，抵達之後妳就可以見識到了。」

我的目的是奴隸賣場。

在這國家流通的奴隸中，有六成都是在拉納利塔進行買賣。

以當作奴隸為目的捉來的亞人都會被集中在拉納利塔。對冒險者提出的非法委託中，也有襲擊少數民族的亞人村落，擄走女人及小孩賣到奴隸市場這種任務。

以個人觀點來說，這件事本身我並不是很喜歡。不過能用的東西就該用。至少還是想給買來的奴隸不錯的待遇，讓奴隸認為被我買下真是太好了。

然而，購買奴隸時有件事必須注意。那就是奴隸的好壞差距相當大。

因為基本上都是被強行擄來的亞人，所以有許多狀態不佳，剛買來就馬上死掉的狀況也層出不窮。天賦值和等級上限的好壞也要看運氣。因此附有鑑定紙的亞人會被抬高價錢。

雖說如此，但我有【翡翠眼】和【恢復】。能嚴格篩選物理攻擊、物理防禦、速度的天賦值高的亞人再購買，就算有傷在身我也能治好。

我和芙蕾雅默默走著。這段期間我偶爾會採野草和蘑菇。因為我想到了一個賺錢的方法。順利的話到下個城鎮就能換成金錢。

等級高的我們移動起來也快，照這步調應該只要野營兩次就能抵達目的地。

正當我腦內思考這些事時，芙蕾雅向我搭話。

「話說回來，您為什麼從剛才就在收集野草和蘑菇呢？」

「為了賺旅費。」

我這麼說著的同時，讓她看了我手上的籃子和裡面的內容。

「那是？」

「可以用在藥物上的野草和蘑菇。因為我會用鍊金魔術，可以從中抽取藥效高的成分，再用附加魔術製成恢復藥。」

「您連這種事都能辦到，真讓我吃驚。」

芙蕾雅用帶有尊敬的眼神望著我，我以苦笑回應她。

鍊金魔術的應用能力相當廣泛，除了戰鬥以外也能像這樣作為生產系特技來使用。不，某種意義上這才是正確的使用方式吧。

用【恢復】是比較輕鬆又快速，但會引人側目。關於這點，選擇當個藥師就能仰賴【翡翠眼】和鍊金魔術，廉價製作高效的恢復藥，不需引人注目就能賺錢。

而且還能偽裝成鍊金術師。

「等我們抵達城鎮，就努力來賣凱亞爾葛大人製作的恢復藥吧。」

「嗯，只要有芙蕾雅在應該就賣得出去啦。」

只有我一人的話無論製作多好的藥都很難推銷出去。但是只要有芙蕾雅這種格外出眾的美少女在，馬上就能吸引到客人吧。容貌出色就已經是一種武器。

一旦有客人來就能以品質決勝負。那樣一來就等同勝利。畢竟這是用鍊金術師的能力製作的恢復藥啊。

總之，旅費這方面似乎有辦法解決了。

我把力量集中在【翡翠眼】，接二連三地收集藥草和蘑菇。

◇

差不多走了兩個小時後離開了道路，在森林的開闊處開始準備野營。

我一邊搭建帳篷一邊教芙蕾雅步驟。她費盡千辛萬苦學習怎麼著手。不過她不僅腦袋靈光手又巧，再一起做個兩次就能交給她了吧。

我在野營中察覺了魔力的氣息。往源頭一看，發現有隻長著一根角像兔子的魔物正看著這邊。真幸運。我抿嘴一笑，將從城鎮買來放在懷裡的小刀投擲出去。

小刀刺進兔子的額頭。

「咿呀！」

這聲慘叫成了兔子的遺言，隨後變成一具屍體。

「太好了，芙蕾雅。原本只有乾糧的晚餐追加了肉類喔。」

「那個，凱亞爾葛大人，那是……魔物耶。吃魔物可是會吃壞肚子的喔。」

這個顧慮很正確。魔物和普通動物不同之處，在於是否有瘴氣纏繞在身上。

而且，瘴氣對人體來說是毒素。如果吃下魔物的肉可不是鬧著玩的。

不過，我所吸收的知識中有去除那股瘴氣的方法。

這是在我【模仿】某位賢者時獲得的情報。這手法就記述在遠古時期的英雄索基所寫的論文中。

「嗯，不要緊。而且為了變強這是必要的。」

我也不是自己喜歡才想吃魔物。

遠古英雄的論文中記載，魔物存在著讓人類變強的因子。

實際上，我所具有的【翡翠眼】也看得見那因子。只要吃下那塊肉，等適應我的肉體後就能直接提高天賦值。

沒錯，一度經過【改良】而最佳化的肉體，其天賦值的總量無法再增加。

然而唯一的例外，就是用合理的方式攝取魔物因子。

我一邊笑著一邊分解一角兔的肉。稍微有點懷念。前世也曾做過同樣的事。勇者們為了捉弄我經常故意不給我飯吃，此時我都會偷偷脫隊，用遠古英雄寫的論文裡記述的手法，吃下去除瘴氣的魔物來捱過飢餓。

說不定是多虧這樣，我才能在最後決戰完勝魔王。當時的我，已將【恢復】的熟練度鍛鍊至登峰造極，甚至可以在一瞬間將所有的天賦值集中在必要的狀態值上。將上升過的天賦值集中在一點。這正是我所追求的最強風格。

「芙蕾雅，我馬上就會料理好美味的晚餐，妳就滿懷期待地等著吧。」

好了，就來煮個美味可口的晚餐吧。

魔物料理意外地也不壞啊。

第十四話 回復術士抵達弱肉強食的城鎮

擊倒幸運出現的一角兔，處理好肉後為了做料理而生火。

當然，這要拿來當今天的晚餐。

魔物的肉中含有的瘴氣對人體來說是毒物，因此食用魔物被視為禁忌。

然而，魔物的肉除了瘴氣以外也包含著讓人變強的因子。

因子會隨著魔物不同而有所差異。就算持續吃同一種魔物也沒有意義。

比方說，只要攝取這個一角兔的因子……

「哦，物理攻擊的天賦值似乎提升了2點。」

沒錯，會讓天賦值上升。

狀態值是以等級和天賦值相乘後得到的數值。雖然僅僅提升2點，但能提升作為基底的天賦值實在讓人開心。

等級提升得越高，天賦值的差異帶來的影響也越大。

我將切好的肉用【改良】處理。遵照遠古的大英雄所建構的基礎理論，去除瘴氣將因子活性化。

也並非吃了任何魔物都會變強，每次都必須確認這是否為適應因子。
令人讚嘆的是沒有【翡翠眼】就發現去除瘴氣的方法以及因子的過去英雄。
據說他還留下其他眾多論文，但畢竟是幾百年前的英雄，幾乎沒有留存下來。
真想親眼見識一次。那位英雄是【劍聖】的始祖。如果去拜託我之前【恢復】過的【劍聖】克蕾赫，或許會願意讓我看看祕藏的資料。還能再見到【劍聖】的話就拜託她看看吧。
「好了，集中在料理上吧。」
思緒有點偏了。
與其考慮以後的事，不如先想今天的晚餐。
我把切開的一角兔的肉進一步切塊，把最好吃的兔腿肉用在今天的晚餐。剩下的就做成肉乾儲備起來。
除了純粹想增加乾糧以外，也是為了要給之後成為同伴的人吃下提高天賦值。
我將肉切成薄片，灑上鹽巴後炒熟。
同時，將買來當乾糧的麵包切半。
把烤得恰到好處的肉放在麵包上，再加上乾燥的番茄和加熱過的起司。
這樣就完成了一道簡單的料理。
一角兔腿肉的熱三明治。
另外還準備了用藥草熬煮的速成茶。

以野營來說已經算是讓人很心動的菜單。

「芙蕾雅，來吃晚餐吧。」

當我朝著她微笑後，看著我調理過程的芙蕾雅露出一臉茫然的表情。

「好厲害。凱亞爾葛大人的動作流暢到讓我好驚訝。」

「嗯，我習慣了。」

「明明是魔物的肉，看起來卻很好吃。」

「其實真的很好吃喔。吃下去就知道了。」

「可是有毒……」

「相信我吧，毒素是可以去除的。」

我把一角兔腿肉的熱三明治遞給芙蕾雅。

現在的她不是芙列雅公主，而是我好用的隨從芙蕾雅。如果不提升她的狀態值之後傷腦筋的人可是我。芙蕾雅一副戰戰兢兢的樣子接過熱三明治。

芳醇的肉香，番茄的酸味再搭配融化的起司具有暴力般的魅力，讓芙蕾雅的肚子餓得咕嚕直響。

畢竟我們一路奔波肚子都餓了，聞到這麼香的味道肚子會響也是自然反應。

她紅著臉盯著熱三明治，表情充滿著期待。

看來對吃下魔物的恐懼已經煙消雲散。

「那個，凱亞爾葛大人，請問刀叉在哪？」
這麼說來，芙蕾雅原本是公主殿下。
她恐怕完全沒想過可以大口咬來吃吧。
「這東西要這麼吃。」
要說明太麻煩了，所以我實際演練。
我大口咬下熱三明治。
鮮嫩多汁的兔腿肉肉汁在口中擴散開來。
油膩的肉汁因為番茄的酸味而變得清爽。
要是只吃為了保存用而被烤得硬梆梆的麵包的確難以下嚥。不過乾硬的麵包沾上肉汁和起司可說是絕妙的搭配。
一言以蔽之，就是好吃。
「居然要用這麼不雅的吃法呀。不過好像很好吃。」
說完這句話，儘管還有些糾結，但芙蕾雅還是老實地大口咬下熱三明治，隨後兩眼發亮地在嘴中不停咀嚼。
然後……
「好好吃！」
笑容滿面地這麼說道。

「原來魔物這麼好吃呢。而且肚子也不會痛，今後就積極地吃吧！」

儘管芙蕾雅像小動物似的小口小口吃著，但動作十分迅速。

「妳能開心就好。」

「原來這樣的材料也能做成美味的料理呢。」

「是啊，雖然做不出什麼講究的餐點，但為了有趟舒適的旅程，我還是有學習最基本的知識。」

「已經很美味了。真的很厲害。我……居然連凱亞爾葛大人這麼會煮菜的事情都忘了。真是一個差勁的隨從。好想快點把記憶找回來。」

一瞬間露出了傷心表情的芙蕾雅，打起精神再度吃了起來。

她真的吃得津津有味。這讓我有點開心。

我估算要吃完的時機，給了她一個建議。

「我同意魔物很美味，但除了我調理過的魔物以外可別吃啊。會因為瘴氣而死的。」

去除瘴氣這件工程，如果不知道方法就絕對辦不到。

那是靠自身力量絕無可能解開的複雜術式。即使知曉原理，以魔術來說難度也太高。恐怕這種方法就是因此才沒有普及吧。

至少，其他人處理的魔物肉我可是怕得不敢吃。芙蕾雅聽到後把飯後茶噴了出來。

要是放任不管，她有可能會自己去狩獵魔物來吃，所以才給她忠告。

總之，既然都這麼說了，她應該就不會跑去做什麼怪事吧。

◇

在夜晚的森林過了一晚。我在睡著時依然有一部分意識保持清醒，持續警戒四周。

雖說點了在鎮上買的驅逐魔物的香，夜晚的森林依然恐怖，不但有野獸還有魔物。能像這樣一邊警戒一邊休息，也是我透過【模仿】得來的技能才辦得到的技術之一。

我斜視了芙蕾雅一眼，她毫無半點戒心正睡得香甜。可能是因為難得操使身體所以累壞了吧。我覺得這樣的她有點可愛。

今天在睡前也用芙蕾雅的身體享樂了一番。記憶被消除，認為我是自己所愛男人的芙蕾雅很高興地接受了我。

「可不能動情啊。」

記憶消失後的她成為芙蕾雅，看著天真地愛慕著我的芙蕾雅，心中不禁騷動。對憎恨是否會慢慢淡去而感到不安。

我選擇不殺了芙列雅公主，而是將她重生為芙蕾雅來利用。理由有好幾個。

首先，她作為【術】之勇者的戰力十分優秀。

勇者會獲得兩倍經驗值這個特技在隊伍裡可重複計算，是個無可取代的強大能力。
與其殺了她，還不如當作道具利用更為屈辱。
沒錯，我只是為了讓自己變成最強，而且為了向芙列雅公主復仇才這麼做。
所以我才利用她，一旦我自身有危險時就把她拿來當盾牌使用。
我要榨乾她的利用價值到最後一刻，再把她當破抹布一樣扔掉。
絕對不是在猶豫要不要殺了她。
再說現在才第一個人。我的復仇還沒結束。
還剩下【劍】與【砲】之勇者。
雖說他們或許有利用價值，但還是殺了一了百了吧。我不想再為多餘的事而煩惱了。

◇

隔天早上，我拆掉帳篷後動身出發。
早餐吃了用昨天剩下來的肉熬煮的湯。
出發之前我確認了狀態值。身體已適應昨天攝取的魔物因子，我和芙蕾雅的物理攻擊天賦值提升了2點。
因此我的物理攻擊由130變成132，芙蕾雅則是由70升到72。

乍看之下並沒有太大變化，但只要日積月累，就會有很大的差異。

雖說再繼續攝取一角兔的因子也沒有任何意義，但只要繼續攝取持有適應因子的不同魔物就能逐步變強。

隔天的步調比想像中還要快速。

這都要歸功芙蕾雅比昨天更習慣肉體勞動。

因此，她能發揮出高等級之人的狀態值應有的力量，於是我們在太陽完全西下前順利抵達拉納利塔。

在拉納利塔，幾乎不需像其他城鎮那樣得確認身分，會很乾脆地放行。

我們踏入城鎮內走著走著，後面突然來了一輛馬車。以非常驚人的速度從我們兩人旁邊呼嘯而過。儘管行車方式危險，但這在拉納利塔算是家常便飯。我不經意地望向馬車，發現在車台部分設有牢籠，被鎖鏈繫著的貓耳少女們用雙手抓著鐵欄杆哭泣著。

肯定是被人從亞人的村子擄來，當成奴隸賣掉吧。

才剛來到這，就好像要被這城鎮滿是混沌的活力給吞沒了。

這裡並不像是王國那種整齊劃一的棋盤狀街景，而是居民們基於自己的方便設計，雜亂無章的建築物。不時響起招攬顧客的聲音與怒吼，明明是夜晚，整個城鎮卻依然大放光明的不夜城。

拉納利塔有著各式各樣的稱呼。

犯罪事件層出不窮，非法商品流通市面的【暗黑之城】。

沒有法律整頓，一切大小事都要自己承擔責任，經常發生糾紛，因此對強者來說反而是個樂園的【弱肉強食之城】。

但也正因如此，這裡的金錢往來比任何城鎮都更為熱絡，是每天都會誕生富翁的【黃金之城】。

生命在這裡不值錢，稍有大意就會被奪走一切。

要去掠奪他人就必須要有強大的實力與靈光的腦袋。我要試著成為掠奪他人的一方。

那麼，安排好旅社就快點去買奴隸吧。

我要得到優秀的肉盾。

第十五話 回復術士拯救城鎮？

抵達拉納利塔的我和芙蕾雅開始找尋旅社。

造訪拉納利塔的人很多。有冒險者、犯罪者以及從貧窮村子來此賺錢的人們。

其他還有為了買只能在此入手的奴隸等諸多不法商品的商人及收藏家。

因此這裡存在著能包容這些眾多來訪者的住宿設施。

旅社有適合貧困者甚至是富裕階層的種類，可說是五花八門。

考量到荷包問題，我是想住便宜的旅社，但還是得避免這麼做吧。

在這個城鎮入住便宜的旅社，可是比夜晚的森林還恐怖。那就彷彿在說請把我扒個精光一樣。不僅住宿的客人很恐怖，就連老闆都有可能自己下手。

我和芙蕾雅選擇居住在這座城鎮的中層區。

這座城鎮大致分為三個區域。

有貧困的人、惹事生非的人以及犯罪者居住，治安惡劣，非法物品氾濫的貧民區。衛生條件也不佳。

能賺到一定程度資金的人所住的中層區。這裡能保障最低限度的安全與清潔。

再來，就是聚集了貴族和有錢人的富裕區。由於有巨額的捐款，街景美麗治安也好。權衡身上的錢和安全考量，選擇了中層區裡算是比較高價的旅社。

「凱亞爾葛大人，真令人期待柔軟的被窩呢。因為睡袋睡起來很不舒服。」

「睡袋的確沒辦法消除疲勞呢。」

芙蕾雅這句話讓我苦笑以對。明明因為舟車勞頓睡得那麼香甜居然還說睡不舒服，看來前公主殿下還不習慣旅行。今天就讓她盡情用熱水擦拭身體，在柔軟的被窩裡好好睡覺吧。

◇

多虧有好好找到一家不錯的旅社過夜，一覺起床後疲勞都消除了。

雖然費用相對昂貴，但安全是無可取代的。

我和芙蕾雅為了賣藥而前往貧民區。

畢竟奴隸還算高價，不先賣藥來賺錢的話可買不起奴隸。

直到昨晚為止，我都在猶豫該製作哪種恢復藥。

在來到這裡之前，儘管一路採取了高藥效的野草和蘑菇，但要是賣不出去就沒有任何意義，所以現在還沒製作成恢復藥。

不過，現在已經對要做什麼有個底了。這肯定會大賺一筆。

我回想起昨晚在旅社發生的事。

雖說是在中層區，但畢竟選了上等旅社還附了晚餐，味道也還不壞。

只是，有一項致命的缺點。

「凱亞爾葛大人，為什麼您會交代說不要喝水呢？相對的您點了美味的酒讓我喝是很開心沒錯，但我會擔心旅費支出。」

芙蕾雅正好問到有關那致命缺點的問題。這是個好機會，就讓我回答她吧。

「我的眼睛很特別，可以看到壞東西。那是因為水裡混入了毒素。我很在意就去調查了一下，發現這城鎮的水源已遭到汙染。在上流一帶應該有含有相當毒素的魔物屍體沉在水底。雖說毒素很淡，但累積在身體一定程度就會致病。」

由於感覺到水的味道有些不對勁，我昨天用【翡翠眼】將晚餐一一確認過了。

起初還以為是老闆摻了安眠藥進去，打算趁客人夜晚熟睡時把我們扒個精光，舉辦一場這個城鎮慣例的歡迎儀式，但那毒素是來自魔物，而且不會立即生效。

所以我才命令芙蕾雅別喝水，點了葡萄酒給她喝。之後調查了井水才推敲出箇中原因。

「咦，您說水被汙染了嗎？那這樣就算不喝水，昨天的料理不也都很危險嗎？不要緊嗎？」

「關於料理的話，因為那毒素本身怕熱，加熱後就沒事了。其實毒素非常淡，只要不大量攝取就不會有問題。至於被汙染的水源，只要不再新增魔物的屍體，經過一個月就會恢復乾淨了吧。」

嗯，就算放著不管應該也沒問題吧。

畢竟因這毒素引發的疾病沒有致死性，恐怕也不需要擔心會有長期的後遺症。

「呼～這樣放心了。在這個鎮上駐留的期間絕對不能飲用生水呢。」

「嗯，就算生病也沒什麼大不了啦。頂多是發高燒臥病在床兩個月左右，全身會持續像被針刺那樣痛得滿地打滾罷了。」

「呃，這樣已經很嚴重了耶！」

芙蕾雅開始大吵大鬧。

中了魔物的毒光是這點程度就能了事，已經算相當溫和的類型了，反應真誇張。

仔細觀察外面的行人，可以發現已經有許多輕度的病患。

在一週後，大概會出現大量的重症病患。恐怕數以百計，不，數以千計。

「這個鎮上好像有許多身體狀況不好的人耶，難道說……」

「嗯，受毒素影響嚴重而引發初期症狀的人很多。畢竟水源被汙染了，會變這樣也是理所當然。」

「這不是非常糟糕嗎？」

糟糕？不，是機會啊。看來能輕鬆大賺一筆了。

運氣實在不錯。話說起來，我在第一輪的世界曾聽說拉納利塔有傳染病。原來這就是真相啊。

「凱亞爾葛大人，總覺得，您的臉看起來像是在打非常壞的主意。」

「我沒有在打壞主意。正因為在這個時機來到這裡，才能夠拯救大家。我是在為這件事高興。」

說到這裡，芙蕾雅似乎也察覺到我的意圖。

「難道說，凱亞爾葛大人製作的恢復藥能治好這個病嗎？」

「嗯，我想應該能設法處理。」

我搖了搖水壺裡的水。那是在離開旅社前請老闆幫我準備的。

接著將水咕嘟咕嘟地灌進喉嚨。

「啊，凱亞爾葛大人，您為什麼要喝水啊！」

「我不要緊。反正我可以自己治好，而且得取得治療這個病的必須材料才行。」

「材料？」

「就是我的血喔。我喝下毒素製作抗體，再以具有抗體的血液為基礎製作恢復藥。這是最快速的方法。」

【翡翠眼】、鍊金魔術以及【恢復】。

得同時持有這三項技能才能辦到的絕活。

襲擊鎮上的怪病原因不明，而且找不出治療方法，感染者不知凡幾。

這件事在昨天晚上，已經在旅社的酒館打聽好了。

治療藥肯定會大賣。我把意識集中在身體，強化免疫力。

體內開始接連產生抗體。我用【改良】促進這個過程。

再來用鍊金魔術抽出抗體。也從手邊的藥草抽出有效成分，接著合成。把完成的液體倒進剛才把水一飲而盡後空空的水壺中。好了，這樣恢復藥就完成了。

在路上購入了三十個左右的小容器，倒入適合成年男性飲用的量。

「好驚人。凱亞爾葛大人，如果能治療原因不明的疾病，就能成為這鎮上的英雄了呢！」

「我不打算當什麼英雄。也不打算自己承認是這種藥的製作者。不過我會盡可能做出大量的藥劑。」

「怎麼這樣，只要報上名號，就會被大家讚揚，甚至還能獲得財富和名聲……凱亞爾葛大人真是謙虛。您的人格實在太高尚了！」

我露出苦笑。儘管因為麻煩而不加以否定，但芙蕾雅大大地誤會了。

我百分之百只考慮著自己的事。

在鎮上蔓延著一種原因不明又尚未確立治療方法的怪病，用來治療的特效藥可說是利益的集合體。只要獨占販賣的權利，就能獲得驚人的財富。

然而，這件事與危險劃上等號。掌握金錢與權力的那些傢伙為了要獲得更多的財富與權力，將會使盡全力逮住製作者，藉此獨占解藥吧。

沒有錢的傢伙也很危險。他們為了自己的命或是重要之人的性命，就算殺了我也會把藥搶走吧。

有再多條命也不夠賠啊。

要是當街大喊：「這是能治療怪病的特效藥，快來買吧」，不出一天就會消失在世上。

便利的力量始終是雙刃劍，這件事在第一輪的世界中我已經親身體驗到厭煩了。

有關生死的生意總是要賭上性命。作為賣方必定要細心注意。

我仔細思考後，找到了什麼是輕鬆又安全，甚至能大賺一筆的方法。

好了，快前往貧民區吧。

得快點獲得大筆金錢去買奴隸才行。

第十六話 回復術士開始做生意

我們進入貧民區。

街景有了一百八十度轉變。連氣味也變得腐臭撲鼻。

我們的目的地是買賣違法商品的店家。違法商品會在貧民區進行販賣。

在那裡的話，就能找到貧民區內的有錢人或是將違法商品交給有錢人的仲介商。

「芙蕾雅，在這裡無論何時被襲擊都不奇怪。自己要多加小心。妳在這裡會被當成一件充滿魅力的商品。人類的奴隸雖然屬於違法，但這條街上的人們都是認為即使如此也無所謂的傢伙。」

芙蕾雅是出眾的美少女。儘管身上穿著僅考慮實用性的旅行衣裝，依然無法隱藏她的美貌。我從剛才開始就隨時把注意力集中在掛在腰間的劍上。

算是在這裡行走時的禮節。

「是，凱亞爾葛大人。我芙蕾雅不會被普通人擒住。」

芙蕾雅用手搥了搥胸口，信心滿滿地笑了。

以她的等級來說，只要不是具有相當實力的對手應該不會有問題。前提是對方要堂堂正正從正面打過來。

給了她忠告後，我邁步往目的地前進。

不過，我馬上就停下腳步，把劍連同劍鞘一起從腰間固定處拔出，朝芙蕾雅的臉上突刺過去。

「咿！」

看見逼近眼前的劍鞘，芙蕾雅發出慘叫。

突刺過去的劍鞘從芙蕾雅的臉旁邊勉強滑過，刺入了一名瘦弱男人的眉間。

「啊啊啊啊！好痛……好痛啊啊啊啊！」

他手上拿著布，那塊布上散發出藥物的味道。他的企圖表露無遺。

「芙蕾雅，之後妳得更小心點。下次要做接近戰的訓練。雖然妳是魔術士無法獲得技能，但還是學點技術比較好。就算是後衛，一旦被拉近距離後要是連等前衛來支援的時間都沒辦法爭取，那我可是會很傷腦筋的。」

「……是的。沒想到居然會這麼簡單就被人從背後偷襲。請您教我接近戰的技術。」

這次的對手是相當老練的職業人士。

除了魔術以外跟外行人沒兩樣的她沒辦法察覺到氣息也是無可奈何。

這些傢伙肯定專門擄獲那些因好奇心驅使而來買違法商品的紈綺子弟吧。

或許是感到害怕，芙蕾雅抓住我的衣袖。

儘管有些礙事，但今天就睜一隻眼閉一隻眼吧。我對她投以微笑後往前走去。

◇

抵達目的地後，我和芙蕾雅只是看著來往的行人。

從剛才開始我就使用著【翡翠眼】。這是為了找到好騙的肥羊。

這段期間，我一邊趕走來搭訕芙蕾雅的蒼蠅，一邊豎起耳朵收集情報。

看樣子，這場怪病似乎也在貧民區引起了話題。

這樣一來要做買賣就簡單了。然後，肥羊終於出現。

他進入了在我眼前的一間買賣違法商品的店家。

是個帶著護衛，看來很有聲望的商人。

那名商人有著獨特的氛圍，一眼就能分辨出來。

而且，他用的香水是在富裕階層間流行的高級貨。如果主要的活動地點不是在富裕區，根本不會用這種香水。當這種商人來買違法商品時，可以推測他就是來把違法商品轉賣給富裕階層的仲介商。

而且，無論商人還是他的護衛都發生了輕度的病狀。

自己都沒想到居然會這麼快就找到符合條件的人類。

我的運氣果然很好。應該是素行良好的關係吧。

◇

當我和芙蕾雅為了商談而進行的討論結束時，商人一行從店裡走了出來。

芙蕾雅站在他們面前，說出事前我交待的台詞。

「那邊那位出色的叔叔，我有件好事要告訴你喔。」

護衛與商人停下了腳步。

他們對芙蕾雅的美貌看出神了。

讓芙蕾雅和他們搭話就是為此。要是我去搭話他們就不會停下腳步，根本就沒機會做買賣。但是，如果對方是芙蕾雅這等美少女，只要是男人就絕對會停下腳步聽她說話。

「這是何等美麗的女性啊。這光澤的肌膚，優雅的舉止，妳應該是哪家有名貴族的千金吧？」

我稍微驚訝了一下。不愧是商人，就算身穿這種打扮也能看出芙蕾雅的來歷。

芙蕾雅嫣然一笑，既不肯定也不否定。

「我為叔叔帶來了一件非常棒的賺錢生意喔。」

「那真是令人感興趣。我本來以為是來玩危險遊戲的小孩要來借遊玩的資金呢……居然要談生意啊。能告訴我詳細內容嗎？」

商人眼裡帶著暖意注視著我和芙蕾雅。他應該心想這八成是小孩子的扮家家酒，但由於對方很有可能是貴族千金，沒辦法置之不理。

「這裡太引人注目，我們換個場所吧。」

「哈哈，真正式啊。好吧。我有間常光顧的店，就在那聽你們怎麼說吧。」

於是我們四人一起移動。商人帶領我們去的店家外觀很符合貧民區的風格，但店內倒是保持著清潔。他說：「我請客」後點了所有人份的紅茶。

芙蕾雅朝我看來，能促成這次商談也都是她的功勞。

接下來就輪到我出馬了，我要開門見山說明來意。

「有關於我們的賺錢生意，就是把能醫治蔓延在這城鎮的怪病的特效藥賣給你一人。像您這種水準的商人應該了解這件事的意義吧。」

聽到這句話的那瞬間，商人臉色一變。然而卻立刻忍不住發笑。

「噢，那還真厲害。儘管聚集了鎮上的藥師和回復術士進行研究，至今卻依然沒有任何成果，像你們這樣的小孩居然會持有這場怪病的特效藥，簡直就是差勁的玩笑。」

畢竟我和芙蕾雅都才剛滿十四歲，所以在他看來還只是小孩。

預料之中的反應。

「您會懷疑我們也無可厚非，但這件事千真萬確。我們出身於西方。在那裡的藥學透過不同的手法發展得很蓬勃。已經完成了這種特效藥了呢。」

我從小袋子中拿出分裝成小份的特效藥擺在桌上。

「哦，那就是特效藥啊。不過你要如何證明那是真貨？」

「您不妨自己喝下去試試如何呢？雖然症狀輕微，但您和那位護衛都已經發作了。相信不久之後就會因高燒而倒下，全身疼痛來回打滾吧。」

我說得若無其事，並投以微笑。

商人的臉抽搐了一下。

「你說……我生病了？」

「沒錯。其實您應該心裡有數吧？像是身體莫名疲勞，腳的小指不時疼痛，只有身體右半邊發冷，這些都是怪病的初期症狀。病倒前的人都會出現這類症狀。相信身為商人消息靈通的你應該已經聽說了。」

他啞口無言。看來他並非沒有自覺，只是不想承認罷了。

「如果這是真貨的話，那無論多少錢我都出。就當作參考讓我問一下吧。多少錢？」

他並非相信我。只是抱著一種抓住救命稻草的心態吧。

這個怪病的末期症狀很悲慘。只要看過一次實際情況，就不會想變成那樣。

「您真心急啊。關於價錢的交涉就待會兒再談吧。首先先送您兩瓶，用來建立彼此之間的信賴關係。請試試看。」

我交給他兩瓶恢復藥。

商人嚥了口口水。

給他兩瓶的意思，就是要叫他先用在護衛身上。

把可疑人物遞出的藥立刻由自己喝下，對商人來說是絕不可能的。

為了讓他確認效果，所以也需要護衛的份。

商人察覺到我的意圖，讓護衛喝下那瓶藥。結果護衛那帶點蒼白的臉開始恢復生氣。

護衛的男子過了幾分後就整個鬆懈下來，發出讚嘆的聲音。

「身體好輕，疲勞都完全去除了。不知道有幾天沒感受到如此暢快的感覺了！」

施以附加魔術的恢復藥具有相當高的速效性。

再加上我也稍微做過調整。為了能表現出戲劇性的效果還在裡面添加了興奮劑的功效。因此會讓他產生身體狀況突然變好的錯覺。

看到護衛的樣子，商人也把恢復藥一飲而盡。稍微抬頭看了一下天花板後閉起雙眼。

當恢復藥生效時，他張開眼睛和嘴巴。

「哦，原來如此，這藥的確是真貨。不過我們只是在初期症狀的階段，這藥對完全發病的人也有效嗎？」

「是的，我可以保證……那麼，既然已經請您確認過藥效，讓我們再把話題拉回來吧。我們考慮只把這種藥賣給你。」

強調了「只賣給你」這點。

商人嚥了一口口水。

現在他腦內正因驚人的速度在構想著將來能賺到的錢，以及根據販賣對象的交涉結果所獲權力的藍圖吧。

「藥當然可以，那份配方是否也能賣給我呢？」

也對，都會這麼想吧。畢竟那樣更有賺頭。

「那可不成。這是我等一族相傳的祕傳製法，再加上製造這個藥需要高度且專門、纖細的魔術技能，況且材料也無法在這個國家取得。就算買下配方也無法將藥重現出來。」

前半段是大謊言，後半是真的。這是用我的身體做出的抗體，能抵抗魔物毒素的抗體一般人是做不出來的。而且，鍊金魔術是只屬於鍊金術士這種極為稀有的職階才有的獨特魔術。沒有這項技能就無法合成具有這種效能的恢復藥。

他給護衛使了個眼色。嗯，我也料到會這樣了。先警告一下吧。

「還是別這麼做比較好喔。我比他還要強，這樣只會導致我們商談破裂而已。更何況，我如果無法從外面補充藥的材料，根本沒辦法製作解藥。」

「哈哈哈，你說的『這麼做』是指什麼？」

商人露出諂媚的笑容，說著假惺惺的話。

「既然是我多慮那就再好不過了。那麼，讓我們繼續談生意吧。首先，我目前手頭上有二十八瓶左右的恢復藥。」

「能讓我重新詢問一下價錢嗎？」

「一瓶……一枚金幣。」

一枚金幣相當於日薪制勞工工作一個月能賺到的金額。

以一瓶恢復藥來說的確相當昂貴。

然而……商人在一瞬間對我露出了些許嘲笑的氣息。

嗯，這也是當然。以具有這種效能的恢復藥來說實在過於便宜。如果賣給合適的對象，價錢至少還會再高個一兩位數。

「好吧，我全部都買下。不過，光是這樣還遠遠不足。是否能再準備更多恢復藥呢？你所準備的份我全部都會買下。請問製作新的恢復藥大概需要花費多少時間？」

「只要有兩天我就能準備好追加的分量。兩天後的傍晚，我們再來這裡碰面如何？」

「那真是令人期待。我一定會拿著裝滿金幣的袋子前來。」

商人微笑說道。那麼，最後再讓我補充一件重要的事吧。

「順帶一提，這次雖然是以一枚金幣的價格成交，但下次不會再用這個價格賣給你。第一次算是為了建立我們信賴關係的投資。」

商人的笑臉僵住了。他肯定以為第二次以後還能再以一枚金幣買到解藥。

「請問第二次……需要花多少錢？」

「這個價格就交給你來決定。請付給我你所得利益的一半金額。如果你做出不誠信的行為，那我就不會再賣你藥，而是找別人進行買賣。」

現在商人的腦袋裡一定很糾結吧。

謊報虛偽的價格殺價收購，藉此增加利益確實簡單。但一旦被拆穿，等於將這筆確實會賺錢的生意拱手送人。畢竟就算只剩一半賺頭依舊還是能獲得龐大的金錢……更何況，眼前這個男人真的不會賣給其他商人嗎？

或者，在第二次的商談時暗算他們把這兩人抓住是不是比較好？他只能像這樣不斷煩惱。

「那麼，我很期待下次再見的機會。」

我站起身子，已經沒有什麼要說的話了。

商人一邊在腦海裡湧現著各式各樣的思緒，一邊開口和我道別。

◇

與商人分別之後，我前往了剛才那家店。

「凱亞爾葛大人，為什麼你不親自賣藥而是要交給那個人呢？自己賣的話能賺更多吧？」

芙蕾雅用難以理解的表情向我詢問。

「我們現在為了拯救世界而旅行，沒那種閒情逸致去顧店。像這種工作就交給專業的商人就好。」

「的確，真不愧是凱亞爾葛大人。您真的是無欲無求呢！」

我告訴她表面上的理由。儘管這也是原因之一，但最重要的是為了安全。

知道我能製作解藥這件事的人越多危險性就越高。現在知道這件事的只有一個人，這種狀況比較合乎理想。

那個商人應該會為了獨占解藥而獲得的利益，隱瞞我的存在吧。

再加上我沒有能安全販賣解藥的人脈與管道。

雖然我想將為數不多的解藥盡可能地賣給願意出高價的人，但卻苦無這個門路。

既然他連違法物品都有接洽，就會有黑市的門路。肯定會以高價賣給適當的對象吧。而且，還能嚴守祕密並確保安全。

那是我絕對辦不到的招數。

考慮到這些工夫，把風險全都丟給商人才是最佳手段。

只不過，那個商人也有可能因利慾薰心而打算把我擒住。但就算演變成那種局面，一介商人能集合的兵力有限。

比與整個城鎮的人為敵還要來得輕鬆多了。

話雖如此，我還是想避免麻煩事，所以在第二次交涉時，一旦會面場所的氣氛不對勁的話，我會乾脆爽約。

「好了，總算抵達剛才的店了。」

「啊，話說回來，我還沒問您要買什麼。到底要買什麼呢？」

「買奴隸啊。」

我露出微笑答道。

我手邊有剛才賺到的金幣。這些是日薪制勞工工作兩年以上的收入。

正好是用來買奴隸的價格。

那麼，就讓我透過【翡翠眼】看出這家店裡最棒的奴隸把她買下吧。我要買的是天賦值高的女人。如果是女人再怎麼樣都能提高等級上限。

於是我滿懷期待踏入店裡。

第十七話 回復術士購買奴隸

芙蕾雅問我在貧民區的店要買什麼。

畢竟也沒有隱瞞的必要，就老實回答說是奴隸，結果她眉頭深鎖。

「……奴隸嗎？」

「芙蕾雅，妳不喜歡嗎？」

「因為奴隸很可憐不是嗎？被剝奪自由，還會被強迫聽從命令。」

我不禁差點笑了出來。

雖說喪失了記憶，這話再怎樣也輪不到妳來說啊。

「的確。但是，要是沒賣出去或是被奇怪客人買走的奴隸更悲慘喔。我很溫柔，被我買下的奴隸還比較幸福。某種意義上也算是助人吧。」

「話的確是這樣說沒錯，但為什麼要特地挑奴隸呢？冒險者不是更優秀嗎？」

我搖搖頭。招攬冒險者當伙伴我不覺得是明智之舉。

「和仰慕我，遵從我的芙蕾雅不同，冒險者們都會基於自己的方便行動。不知道他們何時會脫隊，而且酬勞也高。更何況，我重視的並非現階段的強勁，而是天賦。就結果而言，還是得選擇聽話的奴隸，而且最好還要從裡面選出最有天賦的傢伙。」

人類不會按照我的想法行事。

他們會依自己方便而行動，要阻止這點是不可能的。

如果像芙蕾雅這樣消除人格又進行過催眠調教那倒另當別論，但是我給自己訂了一個原則，就是不對復仇對象以外的人做出殘忍的事。

正因如此，我也只能選擇不會無理取鬧的奴隸。再加上亞人的天賦值基本上都比人類高。雖然要依種族而定，但是與人類平均合計天賦值約為300左右相比，亞人的基本是400左右。

只是，亞人有著等級上限低這個特徵，若是在鍛鍊到極限的情況下人類會更強。

「我明白了。這對凱亞爾葛大人拯救世界的旅行是必要的事情對吧。我也會努力選個優秀的孩子。」

芙蕾雅緊緊握拳。

最近，芙蕾雅太過聽話反而覺得有點噁心。她用這個聲音和這種態度面對我實在會讓人亂了步調。

雖然要是對我太囂張倒也麻煩又令人煩躁，但這樣也讓我心情複雜。

既然她現在沒有記憶，某種意義上這才是芙蕾雅的本性。

這就是那個芙列雅公主原本的面貌嗎？

怎麼可能。一定只是為了討好我而已。我依舊要徹底利用這傢伙把她榨乾。

算了，總之先把東西買一買吧。

◇

我進入了在貧民區的裡世界人們之中也很有名的商店。

為了要讓身分高貴的人也能進入，這間店以這區域來說相對寬敞，內部裝潢也很漂亮。

保鏢人數多也是特徵之一。不僅是因為這裡有經手高價物品，另一方面也是為了防止奴隸逃走。他們會在這裡調教被擄來的亞人們，將他們作為奴隸販賣出去。

當然也會出現試圖逃走的人，所以需要擅長處理這類髒活的人員。

「歡迎光臨。客人，您今天想找什麼樣的商品呢？」

一名年邁的店員向我搭話。

儘管臉上掛著笑容，但想必在懷疑我是只看不買的客人吧。

「我要去地下那邊。」

這間店的一樓陳列著各種竊盜品和非法藥物，以及用被禁止的製法所作成的魔道具等等，而地下則是陳列著奴隸。我的目的正是地下的那群奴隸。

「恕我失禮，請問客人……您的手頭……」

我不發一語，把裝有金幣的小袋子遞了過去。

裡面放著我大半財產的三十二枚金幣以及零散的銀幣和銅幣。其中有我原本當作旅費帶在身上的四枚金幣，再加上剛才賺到的二十八枚。

「這可真是失禮了。請往這邊走。」

奴隸的價格大約在二十枚至三十枚金幣之間。

附有鑑定紙的話會再稍微貴一點。

不過有現在手頭上這些就完全沒問題。

奴隸這玩意兒很方便，但價格也很昂貴。行情是做粗活的勞工兩年份的收入。正因如此，才會出現狩獵奴隸的傢伙。想必亞人在他們眼裡看來就是一種非常有賺頭的獵物吧。

好啦，希望有不錯的奴隸……

◇

抵達了地下。

牆壁兩側設置著牢籠，裡面有各種不同種族的亞人們被鎖鏈銬住。

有的用充滿恨意的眼神看過來，有的則是恐懼發抖，種類五花八門。

此處點著滿滿的香。是為了消除亞人們的味道。

店家為了確保商品的價值，在衛生方面非常用心。

然而，因恐懼而失禁，因環境變化帶來的壓力而嘔吐。
隨時都有可能發生這種狀況。
為了不讓客人因此感到不愉快，才會加重香的味道。
……只不過，這對味道敏感的亞人們而言反而是一種壓力。
「客人您會使用魔術嗎？如果會的話，我們可以優先提供已經說出真名的亞人。」
「會用。但是我想先看過所有的亞人。沒必要優先選擇那些。」
我搖了搖頭。真名存在於人類以外的所有生物，是銘刻於靈魂上的姓名。
經由人類之手，開發出了使用真名的奴隸魔術。沒錯，只要使用真名就能隨心所欲使喚亞人。
這就是人類在與亞人之間的戰爭中能獲勝的最大要因之一。
亞人絕對不會吐露自己的真名。然而，越容易使喚的奴隸越能賣出高價，所以作為奴隸被抓來的亞人首先都會被拷問以便問出真名。
我和店員邊看著亞人們邊慢慢走著。
「如何，客人。有您中意的品項嗎？今天推薦的是白虎族的青年，砂犬族的少年，月貓族的女性等等。白虎族以力氣聞名，砂犬族有著充沛體力，無論怎麼操都不會壞。月貓族則是最適合在晚上作伴。」
我對他的說明置若罔聞，用【翡翠眼】查看亞人奴隸的天賦值。

繞著房間走完了一圈。這樣姑且就先把這間店裡的奴隸都看過一遍了。

「感覺沒有讓人眼神為之一亮的傢伙啊。」

在男性亞人之中，有配點符合前衛，天賦值將近500的亞人。

不過男人很難適用勇者的能力「給予體液提升等級上限」。

雖說不用精液也是可以，但成功機率微乎其微。若是濃度高的精液有將近100％的機率可以提高等級上限，但若用血液之類的一百次裡能成功一次就很了不起了。

儘管對男的也是可以用精液來處理，但我實在不想這麼幹。如果天賦值壓倒性地高那倒是可以考慮看看……

「真遺憾。本店似乎沒有能合乎客人眼光的亞人。順便請教一下，您這次需要的是性奴隸嗎？或者是勞動用奴隸？還是戰鬥用奴隸呢？」

「是戰鬥用奴隸。」

我說完這句話後，店員就帶我到剛才留意的男奴隸，也就是那名白虎族壯漢前面開始推銷。然而遺憾的是我並不需要他。

去別間店找吧。

不，等等，有點奇怪。

「生病的亞人在這間店會怎麼處理？」

既然怪病已經在鎮上蔓延到這種地步，那亞人不可能全都沒事。

一定是為了不讓病傳染開來而遭到隔離。

「要是讓客人或其他商品有個三長兩短那可不成，所以我們事先隔離了【瑕疵品】。」

「那些也能讓我看看嗎？」

我能治療疾病，就算是【瑕疵品】也沒問題。

「……我認為不要這麼做比較好。因為您看了應該不會覺得舒服。」

從這男人的說法來看，大致猜測得到被隔離的亞人處於何種狀況。

看來受到相當殘忍的對待。

「拜託了，我希望盡可能看到更多亞人。」

好不容易說服了一臉苦澀的店員後，踏入了被隔離的房間。

◇

進入那房間的瞬間，我眉頭一皺。

實在太慘了。

首先，有各式各樣的東西散落一地，味道非常難聞。

眼前有好幾名邁入怪病末期症狀的亞人。被全身病痛所折磨，痛苦掙扎發出慘叫。

還不只如此。也有許多亞人並非染病而是身受嚴重外傷。

恐怕，是一群反抗到最後一刻都沒把真名說出來的亞人吧。

「真是非常抱歉，客人。往裡面會有比較正常一點的房間，我們先往那去看吧。」

「嗯，知道了。」

他說裡面會比較正常一點。

裡面房間收容的，一定是些被判斷為還有重新再利用的餘地。或者是接受治療後還能取回商品價值的亞人吧。反過來說，這邊是已經那些放棄作為商品的廢棄房間。

人類到底能殘酷到什麼地步呢？

我一邊看著感受到痛苦與絕望的亞人們，一邊如此想著。

◇

如我所料，店員引導我們過去的房間比剛才的房間還要正常。湊齊了用來治療疾病及傷口最基本的器材。

然而這個房間也沒有符合我要求的亞人。

我將這個想法傳達給店員後，回到了剛才那間【預定廢棄】的房間。

這間房間約有十個亞人。

無論哪個都處於悽慘的狀態。只是這裡也沒有會讓我眼睛為之一亮的亞人。

還剩最後一人，我腦裡這樣思索著瞄了一眼，卻被這名少女吸引了目光。那名少女靜靜地坐著。

是冰狼族的女孩。

是個渾身雪白的少女。無論頭髮、肌膚、狼耳以及尾巴都是相同顏色。

年齡比我小一兩歲。儘管有些憔悴衰弱，但也不減她的美麗。

令人訝異的是，她罹患的怪病已經到了重症的階段。

她忍受著就算是成年的大人也會叫苦連天滿地打滾的疼痛，眼神筆直地望向我們。

我不由自主地朝她走去。

「客人，那個可不是好商品喔。因為她莫名強悍就附了鑑定紙想要賣個好價錢，但她卻已經達到等級上限。上限只到7的人我還是頭一次見到。」

鑑定紙上的結果不會註明等級上限是多少，然而只要等級抵達上限，在等級的旁邊就會標記☆號，證明已經達到上限。

等級7就是上限，就算以亞人的基準來看也異常之低。不過對我來說不算是扣分要素。尤其對方是美少女的話更是不在話下。

「最重要的就是她非常凶暴。不管對她做什麼都不肯透露真名，戰鬥時也派不上用場，不聽話的話也沒辦法當作奴隸賣出去，想說至少要讓她知道如何服侍男人，她卻把調教師的胯下給踹破了。」

我愣了一愣，笑了出來。

真是剛烈的女孩。她的脖子上套著奴隸用的項圈。

這是開發用來對付亞人的拘束道具，除了能將聚集的魔力擴散之外，還有讓人產生倦怠感進而無法正常行動的效果。

另外還加上當想傷害人類時，全身就會引發劇痛的惡劣效果。

不僅要忍耐怪病帶來的病痛，套上這種東西的同時居然還能反抗，一般人的精神力可無法辦到。她具有堅強的心靈。

儘管很難駕馭，但能運用自如的話就能派上用場。

最讓我中意的，就是她注視著我和店員的眼神。

宛如美麗寶石般的蒼藍瞳孔。那之中寄宿著比地獄深淵更加黑暗的怨恨。

她在憎恨著什麼，憎恨得無可自拔。

啊，原來如此。我和她產生了共鳴，她是我的同類啊。

真想要。非得將她得到手。

當我和店員靠近，她就猛撲過來伸出手。

儘管項圈被鎖鏈緊緊銬住，卻是手差點就能搆到的距離。

看樣子她是忍耐到手勉強能搆到的距離才襲擊的吧。不僅有忍耐力頭腦也很好。讓我更中意了。

「【閉】！」

店員吼叫一聲。於是奴隸的項圈劇烈收縮，冰狼族的少女隨之倒下。

店員喘著大氣，同時一次又一次地踹著冰狼族的少女。

「這傢伙！這傢伙！因為妳是稀有的冰狼族我才出高價買下的！等級上限卻跟垃圾沒兩樣！一點也不聽話！而且居然還快病死了！都是因為妳害我損失慘重！去死！像妳這種傢伙還不快點死一死！」

少女的眼神沒有痛苦也沒有恐怖。存在的唯有憎恨。

比起這個男人的踹踢，怪病帶來的病痛還來得更加劇烈。這也是理所當然吧。

我把力量集中在【翡翠眼】。

種族：冰狼　姓名：刹那
職階：冰狼戰士　等級：7☆
狀態值：
MP：27／27
物理攻擊：20　物理防禦：15　魔力攻擊：20
魔力抗性：15　速度：21
等級上限：7

天賦值：
MP：76　物理攻擊：105　物理防禦：71　魔力攻擊：106
魔力抗性：71　速度：108　合計天賦值：537
技能：
・精靈魔術（冰）Lv2　・狼人格鬥術Lv2
特技：
・冰精靈的眷屬Lv2：獲得冰精靈的加護。MP的自動回復率上升，精靈魔術（冰）的精確度、威力上升
・冰狼王的血統Lv2：體能上升。狼人格鬥術的威力上升。能在身上纏繞冰之鬥氣。

儘管年齡看起來只有十二三歲，由於亞人成人得早，已經覺醒職階了。
不過話又說回來……好強啊。
高速的雙刀攻擊手。耐久力方面也超越了平均值。
雖說一般亞人的天賦值平均在400左右，但她甚至超過500，實在很優秀。而且，職階是屬於特殊的冰狼戰士這點也不壞。等級上限低的這個致命缺點就由我來補救吧。

「麻煩你別再折磨這女孩了。她是屬於我的。」

我抓住一邊破口大罵一邊固執地踹著冰狼族的店員肩膀，制止他的暴行。

「您是認真的嗎？要讓這傢伙聽話是不可能的。而且她還生病了呢。」

「只要我肯付錢就沒有問題了吧？」

「呃，我們店裡的規矩是這樣，但之後可不接受退貨喔。」

「我不會退貨。不然的話就寫一張合約書吧？」

我絕對不可能把這孩子拿來退貨。

要說為什麼，是因為這女孩和我一樣憎恨著什麼。而且是非常深，沒有盡頭的恨意。

至今為止，無論受到何種拷問都不肯透露真名的她，如果用「復仇」一詞對她威脅利誘，應該就會吐露「真名」吧。她絕對無法戰勝可以復仇的誘惑。

所以，我接近冰狼族少女並在她耳邊低喃。

這是為了避免讓店員聽見。

「我會把妳買下來。只要跟著我，就讓妳復仇。妳很恨吧？那麼，閉上嘴巴跟我走吧。」

少女看著我的臉，有那麼一瞬間露出了微笑。接著少女就失去了意識。

她一直以來飽受怪病和高燒帶來的病痛，以及被脖子上的奴隸項圈所摧殘，早已超越忍耐的極限。

緊繃的弦一鬆弛下來，便失去了意識。

◇

隨後，我支付金幣離開店家。

她原本應該是非常高價的奴隸。

身為冰狼族這種強力又極為稀有的亞人，又是容貌美麗的美少女，再加上是處女，附有鑑定紙等等，加分條件實在太多。

像這樣的奴隸至少要五十枚金幣吧。然而她不僅是【瑕疵品】又難以駕馭，所以店員算得比行情便宜，只要二十枚金幣。

店員還特別叮嚀我，既然她沒有透漏自己的真名，那麼只有她脖子上的奴隸項圈具有鎖住她的功能。

不過，我根本不需要這種東西。因為我已經用名為復仇的鎖鏈將她拴住。

我把冰狼族用公主抱的方式帶回旅社。

好了，買到不錯的商品。她不僅是個具有傑出能力的肉盾，而且我也對他人的復仇有興趣。屆時如她所願殺死憎恨的對象時，她究竟會露出什麼樣的表情？真想看看啊。

她得成為我重要的棋子。在治療她，恢復完體力後，我就要以復仇為誘餌進行惡魔的契約問出她的真名。溫柔的我打算幫助她復仇。

那股無法隱藏的強烈憎恨，應該會讓我相當愉悅吧。

好了，她究竟會做出什麼呢？

我對此期待到無可自拔。

第十八話 回復術士安慰少女

買到了理想的奴隸後，我回到旅社。

我買下的冰狼族少女天賦值合計相當高，配點也無可挑剔。

我可以調整自己的天賦值配點，但要調整他人的天賦值配點卻很難，真是幫了我大忙。

而且，她的技能與特技皆很優秀，還潛藏著最棒的素質。

是美少女這點也幫她加了分。

這樣提升等級上限的作業也更容易進展。男人當然不列入考量，不符合我喜好的女性我也不想要。

我讓她睡在床上後脫下她的衣服。這不是為了襲擊她，而是為了看護。

我用準備好的熱水與毛巾擦拭她的身體。

可能是她這幾天都沒有好好清潔過身體吧，毛巾擦著擦著就黑了。

不過話又說回來，她整個人都很消瘦。

得讓她吃點有營養的東西。就這樣上她我還是會軟掉。皮包骨沒辦法讓人興奮。

把她弄乾淨後再幫她穿上了衣服，這是為了她而添購的新衣。

「好啦，首先就把她恢復到最基本的健康狀態吧。【恢復】。」

我【恢復】冰狼族的少女。

在治癒外傷後，更進一步幫她恢復失去的體力。同時讀取她的記憶。

「哦，原來如此。這就是她的願望啊。高興吧，剎那。妳的願望將會實現。」

之所以讀取她的記憶，是為了在她清醒後更容易交涉。

只要得知對方的記憶，就能輕易誘導思考。我很有把握，這女孩一定會自己來懇求我。

於是，我故意留下怪病沒有治療，而體力也只幫她恢復到最基本的程度。

為了演一齣戲，這是必要手段。

好啦，該來賣她人情了。

我為了要恢復剎那，將治療怪病的恢復藥以及恢復體力的恢復藥等必須物品加以調合，並將添加營養充沛的素材所特製的藥膳粥含在嘴裡，用嘴對嘴的方式餵食失去意識的她。

◇

兩天後，我和芙蕾雅兩個人外出歸來回到旅社。

今天是和商人交涉賣藥的日子。

令人驚訝的是，這次的交涉很順利地結束了。

我本來還以為他一定會在碰面的場所準備一大票引以為豪的私人兵隊將我們擄走，再把芙蕾雅當作人質藉此打聽出解藥的祕密，最後證明只是我杞人憂天。

「真意外啊。那個商人居然會沒有耍任何小手段。」

「這樣不是很好嗎？畢竟我們都拿到這麼一大筆錢，省著點過活就可以生活一輩子呢。」

芙蕾雅拿著的小袋子裡裝著三百枚金幣。那個商人將恢復藥定價在一瓶十枚金幣。是個不壞的價格。他應該有自信用翻倍的價錢賣出去吧。

三百枚金幣是日薪制勞動者得工作二十五年的報酬。能一天就賺到這麼多實在令人振奮。

「一般人的話是可以活一輩子。但是如果要進行拯救世界的旅程，可能光買一把魔劍或是一件長袍就花光了。」

寄宿著魔力的武具有超乎常理的價格，要價數百枚金幣也不稀奇。

為了提高生存率，我想要防禦力高又輕便的服裝。考量到這點的話三百枚金幣還是讓人無法放心。

「只要再賺不就好了嗎？既能賺錢又能幫助人，這樣很美妙呢！」

我露出苦笑。

芙蕾雅真的以為我一天只能製作三十瓶恢復藥。

只要我有那個心，還能再準備更多瓶恢復藥，但為了要以高價賣出，所以我才故意只做出三十瓶而已。

我在某種意義上，為了自己的利益而對那些能被拯救的生命見死不救。

算了，這種事情也沒有必要說出口。因為對方可是把我當成拯救世界的英雄看待。好了，去看看另一個伙伴吧。

我朝著有床舖的房間移動。

◇

我們兩人看著躺臥在床上的冰狼族女孩。

「這女孩還沒有清醒呢。」

「畢竟她之前相當虛弱。」

如果不是剎那，就算死了也不足為奇。

儘管帶回來這裡已過了兩天，但她依舊沒有清醒。

我調整【恢復】，故意設定讓她再過幾分鐘才會清醒。因為這樣的時機對我來說最為方便。要交涉時必須要營造出效果和急迫的狀況。

「我想再過不久就會醒來，畢竟她身上的怪病已經治好了。」

現在處於正在恢復虛弱的身體的階段。我把用來回復體力的恢復藥和搗碎過的營養素材倒入鍋子裡，用鍊金魔術溫熱。

這樣一來，就完成了體力藥劑粥。

我將藥劑粥含在嘴裡，用嘴對嘴方式餵給她。

這兩天來我每天都這麼做。要讓臥病在床的對象攝取營養也只有這個方法。剎那的喉嚨有了動作，開始吞下體力藥劑粥。

那對白狼耳朵也罕見地動了起來。

然後，她睜開了那冰藍的眼睛。

「嗯？」

清醒後的她發出了驚訝的聲音，賞了我一巴掌。

只要我有心就能閃開，但是我故意選擇挨這一掌。

我化消打在自己身上的衝擊，並裝作一副受到很大傷害的模樣。

剎那瞪著我並開口說道：

「那邊的男人，你對剎那做了什麼！」

她以冰冷的眼神看著我。大概是以為我趁她睡著時襲擊她吧。以狀況來看這麼想也是理所當然。

「我才想問妳，為什麼要做這麼過分的事！」

芙蕾雅搖晃著那淺桃色的頭髮，震怒著說道。

「這個男人，偷襲剎那。不對的是那傢伙！」

「才不是！凱亞爾葛大人是在看護妳。剛才那也只是把飯用嘴對嘴讓妳吞下去。這是為了要讓臥病在床的妳能吞下食物最適當的治療行為。」

就算我自己來說也很難洗刷嫌疑，交給同性而且又處於第三者立場的芙蕾雅，而且又是一邊勃然大怒一邊告訴她這事實的話，說服力就會一口氣增加。

「怎麼可能，騙人。」

「我才沒有騙妳。凱亞爾葛大人在妳臥病不起的這兩天又是幫妳擦拭身體，又是調合藥劑讓妳喝下，一直都在照顧妳耶，而妳居然這麼對待凱亞爾葛大人！簡直不敢相信，這個忘恩負義的傢伙！」

芙蕾雅滔滔不絕講了一長串。此時剎那才重新確認了自己的身體。

「完全，不會痛苦。而且身體好輕。」

「當然了。因為凱亞爾葛大人每天都餵妳吃他特製的藥，還有充滿營養的粥呢。」

順帶一提，我偶爾會使用魔物的肉當作粥的材料。

那是把之前和芙蕾雅的旅行途中狩獵到的魔物肉，經過燻製後保存下來的肉乾。為了提高新的伙伴的天賦值，所以才把具有適合因子的魔物肉像這樣帶在身邊。

剎那看向我，稍微煩惱了一會兒後用力地低下頭。

「剎那誤以為被你襲擊。打了你，很對不起。」

「不，沒關係。妳會這麼想也無可厚非。無論如何，既然妳恢復精神就好了。那就讓我好好自我介紹吧。我叫凱亞爾葛。」

我對她露出淺淺的微笑，剎那的警戒心也一口氣消失了。

畢竟，她因為打了我這件事而感到愧疚。而且，她現在被植入了我這兩天不僅一直照顧她，還是個原諒自己疏忽之舉的溫柔的人的印象。

「剎那就叫剎那，是充滿驕傲的冰狼族戰士。」

「真是個好姓名，我們握個手吧。」

我伸出手後，剎那也回握了我。

作為第一次的問候來說這樣算完美吧。

「芙蕾雅，能麻煩妳去採買一下晚餐嗎？今天我想在房裡吃。拜託妳買現成看起來又好吃的東西。」

「遵命。為了要慶祝剎那恢復，會買得稍微奢侈一點喔。」

「嗯，沒關係。如果能多買點肉那會很令人開心呢。」

反正剎那就像狼一樣，應該也會開心吧。

「明白了。我這就去買看起來好吃的食物。」

芙蕾雅離開了房間。

雖然讓芙蕾雅認為我是好人這點的確是派上了用場，但這會妨礙接下來要談的話。

來跟剎那好好聊聊，讓她在真正意義上變成我的伙伴吧。

「好了，剎那。妳明白現在的狀況嗎？」

「……嗯，明白。凱亞爾葛買下了剎那。然後，還幫剎那治療。所以，剎那不用死了。」

我笑著表示正確答案並拍手。然而剎那好像在煩惱什麼，猶豫一陣後開口說道：

「謝謝你救了我。冰狼族，是有恩必報的一族。可是，剎那有個無論如何都得去的地方。所以……對不起。」

在下一個瞬間。

剎那的手巨大化。不，不對。

是用冰做出了巨大的爪子。她用那爪子筆直地朝我突刺過來。前端姑且沒有形成尖刺狀，看來她不打算殺我。

噢，真有趣。

這個孩子有好好理解到自己受人恩惠，認為我是一個善良的人類。

即使如此，為達目的她依舊不擇手段。

嗯，不錯。我喜歡。然而可悲的是剎那很弱。

閃過她的突刺後，我抓住她的手並加上迴轉運動把她扔了出去。

我將她的身體直接摔到床上，並用放在懷裡的小刀抵住她的脖頸。

「妳不覺得奇怪嗎？為何我明明不知道妳的真名卻取下了奴隸項圈？」

「……為什麼？」

一般而言，在面對不知道真名的亞人時絕不可能取下奴隸項圈。

「折磨亞人的奴隸項圈會妨礙治療也是原因之一，但我比剎那來得壓倒性地強，根本不需要那種東西。所以我才把它取下。」

順帶一提，因為有先用【恢復】調整剎那清醒的時機，所以我才能安心地跟商人碰面。

「凱亞爾葛很強。你是什麼人？」

「只是一個雲遊四海的鍊金術士喔。剎那，我倒是想問問，妳被人類抓住成為奴隸，現在又被一個區區鍊金術士制伏。如此孱弱的妳離開這裡又能做什麼？」

剎那沉默不語。因為她也清楚自己很弱小。

也了解自己的無力。

我用【恢復】看過她的過去。

她在冰狼族的村子出生，而且還是生在冰狼族最強戰士的家。

她比同世代的任何人都強，被稱為天才。

天賦值壓倒性地高，濃厚的冰狼王血統使得她擁有獨特技能，從數據上看不出的天生戰鬥直覺。

簡直就是被上天眷顧的存在。

「沒辦法回答嗎？代表妳也很清楚吧。我可以斷言。就算妳離開這裡也只是去白白送死。孱弱又無法成長的妳根本什麼都辦不到。」

剎那緊咬下唇，眼中泛出淚光。

被稱為天才的剎那是在一年前發生異變。她突然變得無法戰勝同年齡層的孩子們。

並不是她的戰鬥才能衰退。反而還比任何人更努力鑽研技巧。

也不是疏於提升等級。她身為最強戰士的女兒，比任何人經歷更多與魔物之間的戰鬥。

而是因為她到達了等級上限，僅僅只有等級7。因為自己女兒無論打倒多少魔物都無法變強，她的父親心生疑惑後取得了鑑定紙才發現到這個事實。

即使如此，一開始她也打算靠技巧來彌補等級的差距追上其他人，也獲得了一定的成果。

然而，等級的差距只是一味地拉開。

結果，她變得無法戰勝任何人。

無論她如何努力，再怎麼努力，也始終無法企及。

到最後已經沒有任何人期待她。冰狼族的天才，一下子就成了吊車尾。

不肯放棄的她在那之後繼續鑽研技巧，持續與魔物戰鬥。

然而給這樣的她的工作是巡視村子周邊，確認是否有人類接近村子。

這在冰狼族村裡是屬於劣等戰士的工作。

然後兩週前，人類的斥候隊出現了。

他們破除為了隱藏村莊而設下的妨礙認知結界，掌握了村莊的位置。

一旦讓他們逃走，將會有眾多人類為了大量捕獲冰狼族這種稀有又高價的奴隸而來。

負責巡邏的冰狼族想靠三個人打倒人類，另一個人則前去村子請求支援。

結果，四個人都被抓住了。一個人為了殺雞儆猴而被無情殺害，因恐懼發抖的一個人說出了冰狼族村子的祕密。後來，活下來的三人全被當成奴隸賣掉了。

在被賣掉後過了不久全員都罹患怪病，除了剎那以外的人都無法忍受那股痛苦而咬舌自盡。而死去的那兩人是剎那的朋友。

再這樣下去，死的人不僅只是剎那那兩名朋友，冰狼族的村子在不遠的將來將會遭到襲擊。因為襲擊村子所需的情報都已經遭到那名內心脆弱的冰狼洩漏出去。

剎那憎恨的正是抓住他們，還將朋友逼上絕路的人類。

如今更要進一步襲擊有許多重要同伴在的冰狼族村子，試圖造成更多悲劇的人類。

以及，弱小到什麼都辦不到的自己。

如果自己更強的話，就能把人類趕盡殺絕，防止情報外洩。

然而卻因為自己的弱小使得冰狼村陷入危險。

她不能原諒這種事。

所以，我打算給剎那復仇的機會。一個讓她盡情殺掉憎恨的人類，與弱小的自己訣別的機會。

「剎那，跟我做個交涉吧。在那之前先讓妳看一下我的鑑定紙。」

我將自己的鑑定紙拿給被按倒在床上的剎那過目。

那是我昨天買來用過的鑑定紙……上面以姓名那欄為首偽造了不少地方。一般來說，鑑定紙甚至可用來證明自己的身分，可信度相當高，幾乎沒辦法偽造，然而我卻可以辦到這點。至於勇者這職階則是沒有偽造就那樣留了下來。

所以……

「增加……等級上限？」

上面寫著從天才跌落成吊車尾的剎那最為渴求的能力。

「剎那，很遺憾的，吉歐拉爾王國的兵隊偽裝成大規模的傭兵團，已經開始往冰狼族的村莊進軍。快的話明天就會抵達。不過，事到如今就算妳匆忙趕回村子通報也已經太遲了。他們甚至連逃的時間都沒有，只能被迫展開一場絕望的戰鬥。到時就算增加一個弱小的剎那，也只是多了一個被當成奴隸的冰狼族罷了。畢竟那是正規軍隊。而且還是被譽為最強國家的吉歐拉爾王國的軍隊。冰狼族所有人不是死就是成為奴隸。」

用【恢復】窺探她的記憶後，我很在意冰狼族的狀況就去收集了情報。

吉歐拉爾王國的軍隊中，存在著為了賺取資金而偽裝成傭兵團襲擊亞人村落，將他們當成奴隸販賣到拉納利塔的部隊，我查明到他們開始有動靜。

不，也不算是查明。是因為我想起【模仿】禁衛騎士隊長時，從記憶中看到他們有這樣的計畫。

「為什麼……吉歐拉爾王國的軍隊要這麼做？」

「軍隊平常都很閒。使喚這些沒事做的傢伙去襲擊亞人的村落也算是不錯的訓練，不僅能提升士兵們的等級，甚至還可以賺錢。是吉歐拉爾王國重要的資金來源之一。」

剎那的臉因憤怒而扭曲。一個國家居然會為了金錢而打算殲滅冰狼族。

作為當事者的她絕對無法饒恕這樣的事。很好，憎恨吧，憎恨吧。

「那麼，剎那。看到這張鑑定紙妳應該也很清楚我的實力。畢竟我不僅持有【劍聖】技能，狀態值也很高，可說是一騎當千。不在場的芙蕾雅也幾乎和我一樣強。而且，我還能讓弱小的剎那變強，因為我能幫妳提高等級上限。或者說，只要有我們去支援，冰狼族說不定就能得救。剎那或許也能變強到足以殺掉妳憎恨的人類。」

剎那倒吸一口氣。

看來她理解我想說什麼了。

「要怎麼做你才肯協助我？剎那為了變強，為了要保護大家，任何事我都做。」

我收起抵在剎那脖子上的小刀站了起來。

「要我把力量借給妳有兩個條件。第一點就是說出妳的真名。知道這是什麼意思吧？」

「知道，就是這輩子，剎那將是真真正正的奴隸。那沒關係。不過，要先拯救村子。不然沒辦法信任你。」

「哦，這樣的話我也能說同樣的話啊。」

「關於這點，只說請你相信剎那。」

「我明白了，就相信妳。讓我見識所謂冰狼族的誠意吧。」

我認為這很天真，然而這份天真將會成為束縛心靈的鎖鏈。

使用真名後能辦到的就只有讓她服從命令。

這樣不行，我得讓她隨時隨地都絞盡腦汁思考自己能辦到什麼。

不這麼做就不會成長。沒辦法變強。

為了要讓她自願這麼做，得徹底抓住她的心才行。

「還有一點，就是妳自己要變強。我可以用勇者的體液提高妳的等級上限。儘管唾液和血液也具有效果，但效率奇差無比。最有效的就是精液。」

我指著自己的胯下。

那裡正精力充沛地搭起了帳篷。剎那看到後倒吸一口氣。

「我直說吧，我想要妳的等級上限以外的一切才能。為此，我會殺害妳所憎恨的人類，也會協助妳守護冰狼族。因為妳有值得我這麼做的價值。但是，如果妳打算維持現狀不求改變，那我就不需要妳。只不過剎那，妳繼續這樣下去好嗎？什麼都辦不到，又要因為自己的弱小而絕望嗎？」

「剎那……剎那……」

剎那猶豫不決。因此我刻意朝她微笑說道：

「這並不是命令。妳必須靠自己的意志伸出手來改變，別猶豫。這不只是〇〇〇，而是剎那的未來啊。來，選擇吧。妳要同時抓住未來和〇〇〇，還是要放棄一切？」

如果，她此刻無法做出抓住未來的選項，雖然可惜，但我就不需要她了。

畢竟就算再有天賦，也沒有最重要的堅強內心。

剎那目不轉睛盯著我的雙腿間。

「剎那想要改變。想變強……守護大家。我想強到足以殺了那些為了錢而殺害冰狼族，將我們擄走的人類。所以……」

她的表情中透露出強大的決心。

甚至讓人覺得美麗。

「剎那要抓住未來。」

她用自己的意志把手伸向我的股間。

合格了。她抓住了自己的未來。

不是被強迫，而是靠自己的意志。

好了，這樣她就獲得了資格。

就讓我為了重要的伙伴，將覬覦冰狼族的吉歐拉爾軍士兵趕盡殺絕吧。

說實話，我也討厭那些傢伙，想殺了他們。讓芙蕾雅殺害母國的士兵也挺有意思。嗯，雖說原本打算為了剎那而戰，看樣子對我而言也會是個有趣的遊戲。

一提高等級上限就馬上出發吧。

在那之前，得把該做的事做完才行。

「我已經收到剎那的覺悟了。那麼，也沒時間了，讓我們開始吧。」

我脫下褲子掏出那話兒，剎那看到後瞪大了眼睛。

「怎麼，妳是第一次看到嗎？」

「我有看過朋友……還有爸爸的。不過，沒有這麼大。」

她應該是第一次看到變大的男性器官吧。

「那麼，先溫柔地握住。」

剎那點了點頭，和剛才不同，這次是直接握住男根。是隻柔軟又溫暖的小手。讓人興奮。

「接下來該怎麼做？」

「現在還沒有完全變大。妳溫柔地揉搓它，舔舔看。」

剎那按照我的吩咐將手上下擺動。然後猶豫地伸出舌頭舔。不愧是冰狼族，舌頭冰冰涼涼的。

她就這樣邊舔邊用手溫柔地擺動。

「很好，接下來含進嘴裡試試。」

「嗯。」

輕輕點頭後，剎那含住我的男根。她的櫻桃小嘴無法完全含進去。

剎那眼中泛淚，同時也慢慢地移動頭部。雖然動作生疏導致刺激不大，但很有支配感。但是這樣太溫吞了。

我按住剎那的頭部，將男根頂到她喉嚨的深處，再硬讓她上下使勁擺動頭。

啊，好舒服。就像在使喚物品似的真教人受不了。

「嗯，嗯嗯……嗯！」

剎那感覺很痛苦。再忍耐一下就好，差不多要射了。

我朝向剎那的喉嚨深處射精。

拔出來後，剎那不停地咳著，吐出精液。

大概不只有物理上的痛苦，其中也包含了厭惡感吧。

「剎那，把那個吐出來好嗎？那是可以幫妳提高等級上限的……提升等級的種子啊。」

「……我喝。」

剎那這樣說完，就用手撈了嘴巴旁邊的精液含進嘴裡，甚至還把滴在地板的精液舔掉。那個模樣相當淫靡，令人非常興奮。

「這樣子，剎那……就能變強。」

少女露出陶醉的神情微笑。我還是第一次看到這女孩的笑容。

讓我再稍微享受一下吧。

「還是謹慎為上，我幫妳把精液也灌進去下面吧。」

「那是……要跟剎那……」

「讓我們相愛吧。妳可以拒絕我無妨，但這樣只是會讓變強的機率下降。」

「求求你，請把凱亞爾葛大人的精華灌進剎那體內。」

連一瞬間的迷惘也沒有。她已做好覺悟。

「脫吧。」

剎那脫下衣服全身赤裸。那是尚未發育成熟，卻結實又美麗的肢體。剎那滿臉通紅地移開視線，用手遮住胸部與股間。

於是我靠近她，將手指插入陰部。好硬。應該從來沒有自己撫玩過吧，連毛都還沒長。我用手指尋找會讓她欣喜的敏感地帶。

從剛才開始剎那就一直在喘氣，但這是痛苦的聲音。要轉變為快樂還得花點時間。對了……有個好東西。我碰巧有這種藥效的恢復藥。

我把手指從剎那體內抽出。雖然量不多，但還是有些許愛液。

我試著舔了一下，味道不錯。

我從包包裡拿出恢復藥，將它大量塗抹在手上。黏稠的黏液布滿了手掌。

我把剎那推倒在床上，在這個狀態下再次將手指插入祕裂。

「呀……那是什麼……剎那的……這裡……好燙……」

「不要緊，馬上就會變舒服。」

剎那的蜜壺變得相當柔軟又火熱。而且不光只有恢復藥，她本身的愛液也已流得濕黏一片。

我想讓剎那舒服。會因為折磨對方而感到高興僅限於對待復仇的對象。

「呀……這樣的……剎那不懂這樣的……剎那……好怕……」

看來已經很有感覺了。我把插入的手指數量從一根增加到兩根。

「嗯……剎那……有奇怪的感覺……要來了……」

剎那身體彎成弓狀，全身開始痙攣。她高潮了。剎那兩頰泛起紅暈，眼神恍惚，為自己初次感受到女人喜悅一事而不知所措。

真可愛。我用舌頭來回舔她那桃色堅挺的小山峰，揉搓可愛的狼尾巴後，她發出了火燙的喘息。

「剎那，站得起來嗎？」

「嗯，還可以……」

我讓剎那站起來，讓她雙手貼在牆上。

通往剎那深處的入口正微微顫抖，在呼喚著男人。完全無法想像剛才都還緊緊閉著。

我將自己的分身抵在洞口，一口氣挺進。

流血了。

「啊……好熱，有好熱的，進到……裡面來了。」

然而，剎那感受到的並非疼痛而是快樂。她開始扭腰。裡面依然緊縮，但滾燙蠕動的感覺讓人很舒服。

「好棒……好舒服，這個……好棒，剎那……不知道這種事。」

每當我挺進，剎那就會感受到快感，於是我盡情擺動腰部。

剎那的蜜壺是名器。沒想到就連這種地方都如此優秀。

狼尾巴在我眼前搖擺令人心遐，一把抓住後剎那便發出了嬌喘。看來尾巴也是性感帶，讓我好好疼愛妳吧。由於剎那已經站不起來，所以我整個人壓在她身上繼續性交。

啊，到極限了。剎那達到高潮。她全身痙攣的同時交纏得比之前更緊。這種感覺實在太舒服，讓我也達到高潮，在剎那的最深處射出精液。

「呼……呼……凱亞爾葛大人，剎那……這樣就會變強嗎？」

「妳的等級上限肯定會提高。不，已經提高了。因為我的眼睛看見了。」

我用【翡翠眼】注視她，發現不只是等級上限，就連等級本身也提高了。恐怕是一直累積下來的經驗值在等級上限提高的同時轉換成等級了吧。

「真的。剎那明白，有股力量湧現出現。好久了……真的好久沒有這種感覺，終於變強了。剎那終於……終於……之後剎那會變得更強……這樣就能殺了那些傢伙。」

剎那哭了。哭皺的臉上滿是淚水，之後露出了笑容。

真是不錯的笑臉。讓我背脊發涼。然後在下個瞬間，剎那就失去了意識。

她已經到極限了，不過睡臉倒是安祥地讓人覺得不可思議。

這樣的剎那實在惹人憐愛。她是我的東西，絕不會交給任何人。
為了要得到她，我願意不惜一切代價。因為這孩子就是值得讓我這麼做的女人。

第十九話 回復術士抵達冰狼族的村落

一人獨處後，我開始思考剎那的事。

我買下的奴隸……無論頭髮、狼耳、尾巴還有肌膚，所有一切都是雪白的冰狼族美少女剎那。我向那樣的她提問。

問她是否要抓住未來。

她鼓起勇氣，選擇用自己的意志抓住未來。

所以，我願意把力量借給剎那，協助她復仇，以及保護她的同伴。

明天，我們將要去救援遭到人類襲擊的冰狼族村落。

然後，今天要提高剎那的等級上限。剎那被等級上限這道絕對不可侵的牆壁阻撓，無法再繼續變強。我要用勇者之力給予她跨越這道牆的翅膀。

當然，她自身也願意配合。為了變強，儘管笨拙她還是全力以赴。

我想一口氣提升完她的等級，但是一旦濃度下降就怎樣也無法成功。

就算用【恢復】恢復體力，從外表看來沒有任何問題，但意外的是好像不會恢復所謂的生命力。

因此，只好每四小時一次共計三次，確實地提升等級上限。

不過真令人驚訝。每當提升等級上限的瞬間，剎那的等級也會跟著提升。

重複了三次，三次都得到同樣結果。

她在無法提升等級的狀態下究竟持續打倒了多少魔物？

在她的身體裡累積著極為大量的經驗值。

每當等級上限提高的瞬間，就會適應身體化為自己的血肉。

剎那在等級上升的瞬間都會哭得亂七八糟。等級上升的瞬間會有種獨特的感覺，我很明白她的感受。

看樣子她很開心。

剎那認為如果是現在的自己，就能殺死把當初一起巡邏的朋友擄走並將其逼上絕路的人類，為此開心而笑。

我不討厭努力的女孩子。

所以就讓我全力協助她吧。

◇

隔天早上，我離開旅社到鎮上購買了馳龍。

馳龍是便利的騎乘用魔物。是雙腳步行的爬蟲類，比脾氣暴躁的馬力道更強，腳程更快。然而相對的是要駕馭牠必須經過鍛鍊。

不過我有【模仿】。我在技能其中一欄追加了騎乘。

因為名為騎士的人種我都【模仿】到快吐了。

我趁昨晚我的勇者恢復元氣之前的空檔，離開旅社去單獨偵查時，掌握了偽裝成傭兵團的士兵們的動向。

規模大約兩百人，從剎那所說聽來的冰狼族村落位置來看，他們應該會在今天傍晚抵達。

「芙蕾雅，剎那，要走嘍。」

我在昨天已將要去拯救冰狼族的事傳達給她們兩人。

我誠懇又謹慎地，將吉歐拉爾王國是以金錢為目的才派兵襲擊亞人的村落，將他們當作奴隸賣出去的事告訴芙蕾雅。她一聽到吉歐拉爾軍這種慘無人道的行徑後憤慨不已，宣言要為了拯救冰狼族盡一己之力。

「居然為了錢而玩弄人命，實在太過分了。做出這種事已經不配當人，只是禽獸而已。所以，就算要打倒人類我也不會有絲毫猶豫。」

她是這樣說的……

我拚命地忍住笑出聲的衝動。

在前幾天還曾是吉歐拉爾王國第二把交椅芙列雅公主的芙蕾雅竟真心感到憤怒。

算了，既然她都這麼說了那我就出手相助吧。

為了以防萬一，我讓她戴上能完全蓋住頭髮的帽子和面具。

就算偽裝成傭兵團，但這次要交手的對象是吉歐拉爾王國的軍隊。

要是曝露了長相和身材，那才真的麻煩。

我想應該是無法以妨礙他們襲擊亞人的村落為由來追究我們，但八成會被隨便捏造某種罪名發出通緝吧。所以喬裝是必要的。

我騎上馳龍，剎那瘦小的身軀縮在我和韁繩之間，芙蕾雅則從背後抱住我。

「剎那，有祕道對吧？」

「嗯，只有那裡連尤姆蘭也沒說。」

尤姆蘭就是被抓住後洩漏了冰狼族祕密的男人。

我下鞭催促馳龍出發，用全速奔馳。

就算是魔物，以這個步調衝刺大約十分鐘就會累癱。不過我有【恢復】可用。可以一邊回復牠的體力，同時進行全速衝刺。

基於這點，我判斷只要早上出發就能趕上。

「哇，凱亞爾葛大人。馳龍好快，比馬還快多了。」

「真是驚人，雖然和馬比是剎那跑比較快，但剎那跑不贏這個。」

芙蕾雅和剎那各自發出了讚嘆之詞。

魔物的體能無法用常識說明。

再搭配騎乘技能的話，就能發揮出這樣的速度。

「小心別咬到舌頭喔，好好抓緊我。要是被甩下去可是會受傷的。」

她們倆馬上緊緊抱住我。

冷酷的狼耳美少女剎那。外表零缺點，身材姣好的美少女芙蕾雅。

說不定這還挺好康的啊。我一邊前進著，一邊思考該做什麼。

吉歐拉爾軍派了兩百名士兵。

區區兩百人的話，只要我使出全力毫無疑問能得勝。

但是那又能得到什麼？

如果兩百人不行那就派出四百人，還是不行的話就會再派出加倍兵力前來。

可以想見總有一天會招架不住。

那些傢伙是自尊心的集合體，絕對不會因落敗而就此罷休。

所以需要一個妥協點。我要取得剎那的一切。

相對的，我也決定要幫剎那完成復仇，保護冰狼族。

好了，那麼該如何完成這個難題呢？

必須找到這個答案才行。

◇

為了通過祕道而繞了一下遠路，抵達冰狼族村落時戰爭正一觸即發。

在進入村子前，我先藏身在森林之中觀察情況。

我把力量集中在【翡翠眼】強化視力，剎那的視力則是好得嚇死人，我們倆輕鬆地觀察遠方。

偽裝成傭兵團的吉歐拉爾王國士兵們已經抵達村莊。

他們擺好陣形，正在準備著什麼。

冰狼族則是在用石頭和泥土砌成，用來守護村子的防壁後面窺探士兵們的舉動。

「抱歉，吉歐拉爾兵比我預想得還快抵達。」

「……戰鬥還沒開始。勉強趕上了。」

剎那簡短回答了我的賠罪。

「冰狼族的防禦出奇地堅固啊。」

我看著守護冰狼族的防壁感到驚嘆。

乍看之下是只用石頭和泥巴堆砌成的簡樸防壁，但也構成應用了風水魔術的結界。而且還是以血為媒介的極強力結界。

這樣就可以打守城戰。

「嗯，冰狼族一直以來被許多種族盯上。所以很擅長打防衛戰。」

據剎那所說，有兩條地道可以穿越防壁，其中一條已經被剎那的朋友洩漏給王國兵得知。

然而，那條道路過於狹窄，只能一個一個排隊前進，所以很容易防守。我是不是沒有來的必要呢？正當我這麼想的時候，從吉歐拉爾王國士兵的陣地中出現了某個東西。那是五名男女，而且全都是冰狼族。

他們全身赤裸，被套上奴隸項圈，像狗一樣趴在地上被士兵帶到軍隊前方。在這個當下，我已了解他們的用意。

原來如此，不愧是吉歐拉爾王國。就連這種時候還在耍小手段，實在惡劣。

士兵們折磨男性冰狼族，羞辱女性冰狼族，讓從防壁裡觀察狀況的冰狼族們看到這一切。

剎那瞪大雙眼，打算飛撲過去。我連忙捂住她的嘴，抱住她的身體。他們做的事情很單純。

要對關在巢穴裡的冰狼族出手是很困難。

那麼，就讓他們自己從裡面打開巢穴。

他們在等冰狼族為了拯救同伴而打開大門。

一旦慘叫聲變小，士兵就會拿劍刺，再淋上酒點火。

冰狼族的慘叫聲不絕於耳。

防壁裡的冰狼族們也開始坐立不安了起來。

再過不久，血氣方剛的傢伙就會飛奔而出了吧。

哎呀，真是討厭。為何這種不祥的預感都會成真呢？

我望向剎那，她的憎恨已經膨脹到極限。

再繼續讓她忍耐下去太可憐了。

但是，就這樣允許她魯莽地突擊過去，她必死無疑。

所以……

「剎那，先維持這樣聽我說。聽好了，現在衝出去的話妳肯定會死。」

「嗯嗯……嗯嗯！」

剎那開始亂動，彷彿在表示這種事她也很清楚。

「但是，我並不打算就這樣讓妳繼續咬著手指看下去，忍耐這種比死還難受的事。」

我站在剎那的立場思考。當同伴被當成玩具，還得放過那群猖狂笑著的垃圾。

這種事情怎麼可能忍受得了。

「我會營造出即使妳飛奔出去也不要緊的狀況。創造出讓妳能夠復仇的機會。所以妳先等我五分鐘，辦得到嗎？」

剎那安分了下來。然後，淚眼汪汪地點了點頭。

好，乖孩子。

話說回來，看來沒時間了。冰狼族似乎已打開了那道堅固防壁的大門。

一群年輕的男性發出吼叫衝了出來。

像昨天剎那所做過的那樣，用冰之爪包裹著雙手。

一定是打算搶回同伴後立刻回到門內吧。但是太天真了。

就像是等待許久似的，天空降下了火焰魔術和箭雨。

轉眼之間，剛才衝出去的冰狼族不是命喪黃泉就是身受重傷。

門內的冰狼族猶豫是否要捨棄方才飛奔出去的同胞把門關上。然而這是致命失誤。士兵們發出吶喊衝了上去。

來不及了。剛才打開的門將會被士兵大舉入侵。

手法精湛到令人驚訝，不愧是吉歐拉爾王國兵。很熟悉這種作戰。

我望向剎那，她並沒發出慘叫。

只是用充滿憎恨的眼神盯著吉歐拉爾王國的士兵們。

她有乖乖等著，真了不起。

「好了，上吧。」

就以我全能的身手，為剎那準備好復仇的舞台吧。

不過只是隱藏身分襲擊過去也有點無趣。

我想到一個好主意了。

我戴上面具遮住臉，從森林中拔劍跳出。

然後使用魔術，讓聲音能傳遞到遠處大聲叫道：

「吾乃【劍】之勇者！我的劍是正義之劍，將在正義的名下對襲擊純真亞人村落的暴徒予以制裁！」

就來個小惡作劇吧。

只要有【劍聖】的技能，應該就能做出類似【劍】之勇者的動作。

好了，這是我在這個世界第一次拿出真本事。

雖然處於這種狀況，但我卻興奮得無可自拔。

第二十話 回復術士成為英雄

我把劍架好，朝敵陣突擊。

打著【劍】之勇者的名義，宣告自己是守護無辜亞人的正義之士，向人類揮劍。

這麼做的目的有二。

第一，是為了動搖敵軍。所謂的勇者即是正義的象徵。被那位勇者斷定為邪惡的王國兵，將會對自己的行為產生猶豫露出破綻。再進一步說的話，勇者是重要的資源，會盡可能地不殺死他。

不殺死並俘虜對方。當有了這個想法的瞬間，就會限制住自己的行動。讓我針對這個破綻攻擊吧。

第二，是為了引出【劍】之勇者。如果她和第一輪一樣踏上被王家招攬的未來，應該是再過一陣子的事。

她原本是在其他國家活動的冒險者，吉歐拉爾王國藉由虛假的正義之名並利用她對美麗的芙列雅公主的戀慕之情，將她招攬至王國隨心所欲使喚。

如果【劍】之勇者聽聞出現了自己的冒牌貨，她很有可能會提早來到這國家。這樣一來，就能更快進行復仇。

……然後，多少也是有純粹想惡整布蕾德的心情。

整理一下現狀吧。

森林中被開闢出了一條寬敞的通道。眼前有兩百名偽裝成傭兵團的吉歐拉爾王國士兵。

在距離兩百公尺的前方，有被防壁保護的冰狼族村落。

最優先事項是先守好眼看就要被突破的大門。一旦門被攻破，冰狼族的村落將會瞬間瓦解。必須避免這種情況發生。

必須要守住門。現在最優先的就是速度。

那麼……

「【改良】。」

我將天賦值的配點完全分配到速度。

種族：人類　　姓名：凱亞爾
職階：回復術士、勇者　　等級：34
狀態值：
MP：114／114

物理攻擊：60　物理防禦：62　魔力攻擊：73
魔力抗性：41　速度：140
等級上限：∞
天賦值：
MP：80
物理攻擊：132↓80　物理防禦：83↓83　魔力攻擊：100↓100
魔力抗性：72↓52　速度：126↓198　合計天賦值：593

為了提升速度而減少了物理攻擊力和魔力抗性。

只要像現在這樣踏入人群密集處，敵人也會害怕把自己人捲入而無法使用魔法，所以不需要魔力抗性。

之所以將攻擊力降低是因為……

「疾！」

因為我【模仿】了【劍聖】的劍技。

這是不斷孕育出【劍聖】的葛萊列特家，以奧克雷爾的流派為基礎，再經歷過成千上萬場實戰磨練出來的劍術。這劍術不是為了比試用的花招，而是追求效率的殺人劍。

我施展的是祕劍【血鮮花】。

由於王國兵偽裝成傭兵，身上沒有穿戴鎧甲。

換句話說，要害空門大開。我用全速奔馳，一邊用劍劃過王國兵的脖子及手腕。

沒有一瞬間的停滯，以超越人類所能感受到的速度，朝向冰狼族的防壁穿梭在敵陣之中。

我所通過的地方，王國兵們紛紛噴湧出鮮血。

到了這地步，王國兵們也總算開始騷動起來。

「這……這是怎麼回事？」

「咿呀啊啊啊！」

「到底是怎麼搞的！」

這個招式很方便。畢竟一般來說揮劍時都得踩穩腳步，灌注全身的力量集中在劍上揮出。加上力量的劍具有劈開鎧甲的力量，但會使動作停下，而且還很消耗體力。

然而，這招【血鮮花】卻不同。

這招會瞄準對方柔軟的動脈。所以只要輕輕劃過便足矣。在奔跑的同時就能令對手喪命。

這是將奔馳的速度與手腕的柔軟度以最大效率利用的劍術。

鮮血之花四處豔麗綻放，這對動搖敵人也具有很大效果。

「人的生命真是縹緲啊。」

魔力會以ＭＰ狀態值化來表示。

然而，人的生命卻不會以狀態值呈現。這也理所當然，因為人類就是如此脆弱。只要持續淌血，只要頭部與肢體分開，只要沒有氧氣，光是因這樣就會簡單地壞死。

所以，只要有效率地破壞就好。

再加上，【劍聖】的技能中還有【看破】這個能力，是用來察覺氣息的奧義。不僅能完全掌握自身領域的一切動作，甚至還能以超乎常理的超反應行動，讓我能看見一切。所以，我可以找出最窄小又微乎其微的空隙，以最佳路線穿梭其中，用【血鮮花】狩獵生命。

「抵達了。」

我淺淺地笑了。光是自稱勇者以正義自居，造成敵方約有十秒鐘的動搖。

僅僅在這麼短的時間內，我就突破了敵陣中央。

藉由【改良】得到的極限速度，加上【劍聖】的劍技。將兩者配合起來就能辦到這種事。

如果是全身都穿著鎧甲的對手這招就不管用，要是有防禦狀態值過高的傢伙就會用肌膚擋住劍，但敵人好心地偽裝成一身輕便的傭兵團，也沒有超乎規格的怪物存在。拜此所賜我才能為所欲為。

當我用劍劃過把魔掌伸向守護冰狼族大門的幾名士兵的脖頸後，與守護城門的冰狼族四目相接。

他們很害怕。因為我是他們現在敵對的人類一族，還具有如此壓倒性的力量。

所以，我得告訴他們自己是誰。

「聽著，冰狼族的戰士啊。吾乃【劍】之勇者。為了回應冰狼族少女剎那的眼淚和請託才來到此地。在此見證了殘忍人類的暴行後，決定挺身而出！」

冰狼族全都愣住了。

我裝作沒注意到這個反應，背對著門轉身面對王國兵。

「再次宣言。我將執行正義。你們的暴行令人不忍卒睹，這已不配稱為人，只是禽獸。因此我不會有任何猶豫，化為我劍下的亡魂吧。」

啊，開始變得有趣了。是因為我沉溺在殺戮之中了嗎？

演變到這地步，王國兵好像也總算捨棄了猶豫。放棄活捉我的這種天真思考，下定決心要殺了我。

位於敵陣後方的魔術士們開始詠唱魔術，弓兵也將箭架在弦上。

由於我現在並非處於密集地帶，因此他們使用弓箭與魔術也無須顧忌。

「那裡的冰狼族，快把門關起來。」

明明我好不容易才把聚集到門前的士兵一掃而空，確保了大門的安全，負責鎮守門口的冰狼族男性卻還沒把門關上。

「可是，這樣一來【劍】之勇者大人……還有離開大門的同胞會……」

「我一個人就足夠了。離開大門的人就放棄吧，那已經沒救了。」

說到這個份上，冰狼族的男性才總算肯把門關上。

哼，真會給人添麻煩。我嘆了一口氣的同時，火焰與弓箭從天而降。

就算是我也不可能躲過廣範圍的火焰與弓箭。

所以我架起了盾牌。

所謂的盾牌，就是儘管失血過多，卻還勉強活著的王國士兵。

由於敵人的攻擊得從後方繞過自己人，所以不論火焰還是弓箭都呈現拋物線的軌道。

換句話說，只要朝上方架起盾牌就不會有問題。

「呀啊啊啊啊啊啊！」

火焰與弓箭傾注而下，令盾牌發出慘叫。

此時王國兵們以嘲諷的表情看著我。

愚蠢，在如此密集的箭雨和火焰魔術之下，區區肉盾一瞬間就會被燃燒殆盡。那種東西根本沒辦法保護你……他們是這麼想著吧。

的確是這樣。我也這麼認為。

不過……

當火焰消散後，我和盾牌都依舊健在。

雖然這塊盾牌已經渾身插滿弓箭不斷在淌血，反正已經不要了就隨手丟了吧。

隨後我又從胸口取出兩顆火藥球扔了出去。

火藥球飛到位於敵陣後方的魔術士與弓兵們的上空爆炸開來，飛散出帶有顏色的火焰。

這並不是攻擊，只是單純的信號。

在幾秒鐘過後，王國兵魔術士們望塵莫及的巨大火焰物體直接落下，將一切燃燒殆盡。

「哎啊～芙蕾雅，妳終於還是動手殺了自己國家的軍人啊。雖然是我要妳做的啦。」

不愧是【術】之勇者芙蕾雅的魔法。威力與命中精確度都是超一流水準。

這招魔法已超越對人魔術或是範圍魔術的層次，堪稱是戰略級魔術。

「好啦，既然煩人的後方部隊已經殲滅了，就突擊吧。」

我重新握劍往敵方突進。

士兵們發出慘叫。

首先，是肉盾之所以能堅持下來的理由。

這很簡單。我在擋下火焰的同時對他持續使用【恢復】。

只要在被燒個精光前治好，盾牌自然就不會損壞。盾牌有好好完成他的任務真的是幫了大忙。

然後是我扔出火藥球的目的。

那是給芙蕾雅的記號。芙蕾雅使用的魔術是人類能使用的最上級魔術——第五位階【流星】。

那是射程距離達到四百公尺的戰略級魔術。能使用這魔術的人在這國家應該不超過十人。

基本上，我只有命令芙蕾雅分開行動。我指示她在離這裡數百公尺遠的場所觀察這邊的動靜，朝著我做的記號釋放【流星】。

既然沒有餘裕派人守護芙蕾雅，要活用她的方法就只剩待在弓箭與魔術都無法觸及之處，而且不會被敵方掌握位置的超遠距離施放戰術魔術。

芙蕾雅能使用超越人類極限的第六位階魔術，但那不僅火力過於強大，而且在使用的瞬間就會被人發現是芙蕾雅公主所為。雖然有諸多限制但威力極為強大。芙蕾雅作為戰力的價值果然不同凡響。

而且，最重要的……

「很好，這下賺到經驗值了。」

就是名為隊伍的存在。

施展特殊的術式後，可以讓最多能組成四人的隊伍平均分配到所得經驗值。現在，我、芙蕾雅以及剎那三個人已組成隊伍。

而且，加上我和芙蕾雅具有可以讓經驗值加倍的勇者特技，累加在一起就是四倍。

一般來說要提升等級會去狩獵魔物取得經驗值，然而凡是有生命的物體，根據其存在本身的強度就能平等分配到經驗值。人類也不例外。

在這種狀態下用【流星】這等戰術魔術將敵人一掃而空會如何？

答案很明顯。

「血液在沸騰。」

等級飛快地上升。王國兵的平均等級很高。像這麼好賺的狩獵場可是很難找的。

動作更加迅速，力量也變得越來越強。

我在敵陣中央恣意闖蕩。

偶爾會將火藥球扔到敵陣後方，用芙蕾雅的超遠距離魔術讓煩人的傢伙閉嘴。

戰力相差如此懸殊，幾乎等於單純的虐殺。

原本兩百人以上的士兵正在不斷減少。

「那傢伙是怎樣啊！」

「圍起來，圍起來！」

「沒辦法，他太快了！」

「喂，那個……連眼睛都追不上。他真的是人類嗎？」

「那傢伙的體力是無窮無盡嗎？」

在以一敵多的戰鬥中，絕對要避免的情況就是被斷絕退路，以及從多方向來的同時攻擊。

如果是一般的劍士，為了要揮出重擊得停下腳步穩固重心。再怎麼掙扎都會被封住退路，屆時會受到來自四面八方無法迴避的同時攻擊而敗退。

但是我不一樣。從剛才開始連一瞬間都未曾停下腳步。就像是要確保退路似的，我不斷以全力奔馳，並在擦身而過的同時切斷對方的動脈。

我以一敵多的經驗可是多到不勝枚舉，絕不會犯下失去退路的愚蠢之舉。

而且，一般人就算察覺到這個缺點，依然存在著無法解決的問題。那就是體力耗盡。

無論再怎麼鍛鍊，也一定會有喘不過氣停下腳步的時候。會因疲勞導致手腳無法動彈。

但是我有【恢復】可用。

每當受到一些小傷或消耗體力，我就會使用【恢復】。

如果還有餘裕，我還會用【掠奪】奪走魔力。

可謂超高速的永動機，這正是我的戰鬥風格。

「咿……咿！別過來，把劍扔了！不然這個冰狼族的女人就……」

一名士兵把劍抵在用來殺雞儆猴的冰狼族女性的喉嚨。

我以超高速衝向那男人的身旁，使劍劃過他的脖頸。

這傢伙真笨，人質什麼的當然對我沒用。

萬一我死了，在我背後的所有冰狼族都會成為人類的玩具。

最優先的肯定是我的命啊。

話雖如此，就這樣見死不救對精神衛生上也不好。如果運氣好就採取救援的行動。至於能不能活下來就端看當事人的運氣了。

好了，打到這種程度應該夠了。

已經打倒了半數以上的敵人，倖存下來的敵人也喪失戰意自顧自地逃走。

何況身上的火藥球也都扔光了，芙蕾雅應該也已經耗盡魔力了吧。

來實現剎那的願望吧，因為這是我們訂下的契約。

「剎那，真虧妳能忍到現在，接下來輪到妳當主角了。我會好好守護妳的背後。」

聽到我的呼喊，隱藏氣息藏身於森林的冰狼剎那飛奔而出。

她的雙手纏繞著冰爪，進入冰狼族的戰鬥模式。

剎那只提升了三級。

由於她原本天賦值就異常之高，再加上卓越的技能與特技，以及累積至今無法以數字呈現的技巧和天生的戰鬥直覺。即使把這些全都納入考量，她頂多也只是和在場的士兵一樣強，畢竟她等級才十級。

然而，如今敵人已倒下大半，也喪失了戰意。如果有我陪在她身邊應該能盡情一戰吧。我把力量集中在【翡翠眼】，確認是否有剎那難以招架的士兵一邊繼續戰鬥。也不忘記要隨時營造出讓剎那能一對一對決的局面。

「……」

剎那在哭，一邊哭著一邊揮舞冰爪。

每當她揮舞冰爪，就會有王國兵喪命。

她現在正在盡情完成自己的復仇。

她能開心真是再好不過了。

因為這場戰鬥的一切都是為了剎那所準備。

我的復仇有著美學，那就是不去加害未曾傷害我的人。

但是這並不是屬於我的復仇，而是剎那的。

這是剎那對把她當成奴隸，還把她的朋友逼上絕路，如今甚至想釀成更大悲劇的人所進行的復仇。

所以，我盡情地付出我的力量。

在士兵之中，說不定有人是被強迫進行這種殘虐行為。

然而這根本無關緊要。不願意的話只要逃跑就好。用自己的意志選擇虐殺冰狼族將其當作奴隸的他們不值得同情。

「這國家太腐敗了。我得結束這一切。」

而且，我還有另外一個意圖。

看到喪失記憶後的芙蕾雅，我一直覺得心裡有個疙瘩。因為看不到她曾是芙列雅公主那醜惡的一面。

因為這件事，我察覺到一個真理。

我原本打算對芙列雅個人復仇後了結這一切，但這是錯的。

是這個國家造就了芙列雅公主。我應該復仇的對象不僅包括芙列雅公主個人，也包含了將她塑造成這種人格的吉歐拉爾王國本身。儘管吉歐拉爾王國已經沒有芙列雅公主，但總有一天還是會像第一輪那樣殘害我。代替芙列雅公主的人要多少有多少。如果要驅逐害蟲，就得直搗黃龍才行。

只是單純毀滅吉歐拉爾王國就沒意思了。

我今後依然要向憎恨吉歐拉爾王國之人伸出援手。然後總有一天要消滅這個國家。

這才是我真正的復仇。正當我思考著這種事時，從遠處傳來了狼的嚎叫。

「剎那，看樣子冰狼族很討厭人類啊。」

「當然。雖然像這次這麼大規模的軍隊很少，但至今有許多踏出森林的同伴被人擄走當成消遣用的玩具。」

冰狼族們終於打開大門一擁而上。

王國兵已經沒有阻止他們的力量。

戰勢已完全定案，冰狼族的戰士展開單方面的屠殺。

彷彿要發洩至今累積的怒氣與憎恨似的，冰狼族忘我地襲擊士兵。

回過神來，我和剎那都停下了腳步。因為我們已經沒有繼續戰鬥的必要。

只是茫然地看著冰狼族們的攻勢。

「剎那，我協助實現了妳的願望，將妳憎恨的人類趕盡殺絕。而妳自己也殺了不少人。現在的心情如何？」

剎那抬頭望向我的臉，眼中充滿著淚水。

我想知道。

她在完成自己的復仇後會露出什麼表情？會有什麼想法？

我就是為此才做到這個地步。

「非常快樂、開心，可是……不，沒什麼。」

她淺淺地笑了。然後往前邁出步伐，再次朝士兵揮下利爪。

◇

戰鬥以冰狼族一方壓倒性的勝利告終。

人類不是逃走就是戰死。

沒有俘虜。儘管有投降的士兵，但也遭到冰狼族趕盡殺絕。

我和剎那一起被招待到他們的村落。

因為我說是剎那叫我來的，所以我和剎那都被當成英雄對待。

無論如何，這樣就完成和剎那之間的約定了。

如此一來，剎那就是我的東西。

立刻來詢問剎那真名吧。

而且，我有一件事非得告訴她不可。

我真是期待剎那聽到這件事之後，會有什麼反應。

終章　回復術士獲得剎那

戰鬥結束了。

襲擊冰狼族村落，打算將冰狼族當作奴隸賣到拉納利塔賺錢，而且還想順便強化士兵增加經驗值的吉歐拉爾王國的野心宣告破滅。

在那之後，我把個別行動的芙蕾雅叫了回來，和剎那三個人一起被邀請到冰狼族的村落。

雖然我和芙蕾雅是人類，依舊被當成英雄對待受到熱情歡迎。

冰狼族們向我們表達了感謝的話語，並將食物和寶石塞給我們。

我有點意外。沒想到會被感謝，原本還以為他們會說「討厭人類」什麼的。

結束了整個歡迎會後，一名男子從人群之中走到了我們面前。

「剎那，回來得好。而且還帶了【劍】之勇者一起，我真心為妳感到驕傲。」

看樣子他就是剎那的父親。

「爸爸，剎那……」

「聽到妳被抓走時我打從心底感到震驚。原本想說巡邏對妳來說應該不要緊的……妳果然還是不適合當個戰士。別再戰鬥了。妳就組織家庭，在家相夫教子吧。」

剎那的父親緊緊抱住她。

那些話語並不是剎那想聽到的。首先，她是我的所有物。就算是父親也不代表他可以擅自決定剎那的未來。

「並非沒辦法。她有才能。如果她有這個心，我可以保證她會變得比任何人都強。」

所以我打斷他們父女的對話。剎那望向我的臉。

拆散難得重逢的父女情感讓我有些過意不去，但剎那是我需要的人才。

「爸爸，剎那……要和這個人一起走。剎那要離開冰狼族的村子，到許多地方旅行，讓自己變強。所以，今天就要跟爸爸道別了。」

剎那直視父親如此宣言，那並非是小孩子的任性。

感覺得到她要作為成人獨立的覺悟。

然而不可思議的是，剎那並不是因為有契約在身而不得已這麼做，看起來她是打從心底想要和我在一起。

「……是嗎，既然妳要選擇這條路我也不會阻止。【劍】之勇者大人，剎那真的有才能嗎？您要踏上的勇者之旅想必十分危險。我可以相信剎那有跟著您一起旅行的實力與資格嗎？」

父母會擔心孩子是理所當然的，不過他擔心的是剎那有沒有足夠的實力啊。

這應該是冰狼族獨特的思考方式吧。

「當然。只要和我在一起，她會變得比任何人都強。這絕對沒錯。」

她唯一不足的只有等級。

而等級上限的那道牆，在她決定掌握未來的那瞬間就已不復存在。

「那麼，我這個當父親的也無話可說。剎那就務必拜託您了……請收下這個。」

剎那的父親把鑲有藍色寶石的項鍊遞給我。

可以感受到強大的魔力。這是上級魔術道具，起碼價值幾百枚金幣。

「這是什麼？」

「是我們的傳家寶。原本是打算在剎那出嫁時當嫁妝交給她，現在就託付給您了。」

算了，既然要給我就收下吧。

這具有提升魔力的效果，帶在身上也沒什麼損失。

之後，剎那的父親將她喜歡的東西，討厭的東西還有不擅長的事情，或是勉強隱藏不舒服時的舉動等等事情逐一告訴我。

她被深深愛著。如果待在這村子，她將受到父親的庇護，總有一天會結婚生子度過平穩的生活吧。只是，在她選擇復仇的那瞬間，就註定要和我共同踏上沾滿血腥的道路。那對她而言或許是一種不幸。

在那之後我和他道別，被招待到冰狼族村長的家中。

◇

「這次承蒙您解救這個村子，拯救我們同胞，我在此由衷表示感謝。」

我被帶到客廳後，立刻就有一名像是村長的年邁冰狼族男性向我鞠躬。

「要道謝的話，應該要對剎那說。因為我是受她所託才前來的。」

「這樣啊。即使如此我還是得感謝您。還有剎那，妳做得很好。」

剎那聽到後害羞地低下了頭。

好了，向他提出忠告和建議吧。吉歐拉爾王國非常重視尊嚴。襲擊亞人的村落卻反遭擊潰，要他們就這麼灰頭土臉地回去是不可能的。

假如就這樣什麼都不做的話，冰狼族將會滅亡。

正當我思考該如何切入這話題時，村長開口說道：

「【劍】之勇者大人。我們將捨棄這座村落，翻山越嶺前往更遠的地方，目的地是以妖精和火狐族為中心的國家。我想那裡應該願意接納我們吧。」

「很聰明的判斷。要是繼續待在這村子，再次遭到襲擊也是遲早的事吧。」

「是的，冰狼族是充滿驕傲的一族，一直以來都僅憑一己之力生存了下來。然而時機也到了。再這樣下去我們一族將會被趕盡殺絕。」

似乎不需要我提出建議，他已經確實掌握了現況。

看樣子冰狼族是個具有危機意識的種族。

「因此我有個請託，不曉得【劍】之勇者大人是否願意與我們同行？只要有您那身劍術協助，我們的旅程也將一路安泰。何況我看剎那也很親近您，您就娶她為妻過上平穩的生活也不壞吧。當然，我們會為您提供最上乘的待遇。」

我靜靜地搖了搖頭。

我感受到剎那的視線望向她後，結果她臉有些紅通通地轉了過去。

「請容我拒絕。我正在為了我自己的目的旅行。」

何況剎那已經是我的所有物了，她不可能成為留住我的枷鎖。

「這樣啊，我明白了。我們將在後天出發。今天會舉辦宴會，請您盡情享受。我們將盡最大努力來款待這個村子的英雄。」

「嗯，我很期待。」

這件事到此結束。

後來就隨便閒聊了一會兒結束了對話，

◇

宴會一直持續到深夜。

冰狼族製作的酒又辣又烈，灼燒著我整個喉嚨。雖然後勁很強但非常好喝。毫無防備的芙蕾雅喝下後馬上就醉倒，躺在借來的房間裡睡得香甜。

隨後我從宴會中溜了出來，前往夜晚的森林。

「凱亞爾葛大人，快來，我身體好燙，整個人好奇怪。」

剎那將雙手撐在樹上，我從後面抓住她翹起的屁股，挺進自己的分身。明明我什麼都還沒做，剎那就已經完全溼成一片。看來這次的復仇讓她相當興奮。而且不只是濕，還相當滾燙。看來今天會馬上達到高潮。

「讓我來好好疼愛妳。」

「啊……啊……突然就……凱亞爾葛大人，剎那……活著……現在……活著！」

剎那被我激烈侵犯的同時，發出了歡愉的聲音。在賭上性命的戰役後交疊身體，就會強烈地感受到活下來的喜悅。這是感受生命的最棒手段。有唯獨在這種時候才能享受到的快樂，就讓我好好教妳吧。

◇

「……今天好激烈。」

「因為戰鬥結束後會很興奮。」

剎那紅著臉整理服裝儀容。

剎那的等級上限依舊很低。要提升等級上限就得好好交合才行。

不能說今天沒做，就在隔天一次補回今天的份。剎那擦拭流出來的液體。那個身影讓人感覺莫名煽情。

「剎那也很興奮。非常興奮。」

美少女淫靡的模樣，為何會如此讓人欲罷不能呢？

我無法壓抑衝動吻了她，貪求剎那的肉體。

「如何，弄髒自己的雙手殺死憎恨對象的感想？」

剎那閉上雙眼，握緊拳頭，隨後開口說道：

「非常痛快。感覺腦袋和身體熱到要燒起來似的，當剎那揮下爪子那一刻，看到對手哭喊，反而會更加亢奮，看到他們動也不動，會不由自主地想笑……只是一味地……殺……殺……當剎那回過神來，突然冷酷到連自己都嚇到，腦袋一片空白，流下了眼淚。」

剎那緊抱自己的身體，彷彿就像是在害怕著什麼似的。

「噢，妳在後悔嗎？」

「沒有。我一直，想這麼做。要是不這麼做反而會發狂。這樣，他們才能體會到剎那跟大家體會到的痛苦的百分之一。」

與嘴上說的相反，剎那的臉一臉蒼白。

「那麼，妳究竟害怕什麼？在恐懼什麼？」

「不知道，但是，剎那只明白一件事，就是這樣還遠遠不夠。剎那的復仇，還沒有結束。所以，就算腦袋變得一片空白，還是朝著逃跑的背影追了過去。就算這樣，還是不夠。」

剎那笑了。說這樣還不夠，沒錯。復仇就是這麼一回事。

的確，剎那殺了許多憎恨的對象。然而，剎那失去的事物已經無法挽回，所以才沒辦法滿足。

因為沒辦法滿足，所以復仇不會結束。

「那麼，妳就繼續盡情復仇吧。今後隨時都有機會跟玩弄你們的那群吉歐拉爾王國的垃圾交手。只要妳和我在一起的話。」

「嗯。剎那很期待。」

我撫摸著剎那的頭及那白色狼耳，她就這樣靠在我身上。

「約好了，你解救了冰狼族的大家，讓剎那完成復仇。所以，剎那要把一切都交給你。」

我微微笑了。剎那即將要說出自己的真名。

除了人類以外的所有生物，都烙印在靈魂上的真正姓名。

只要知道真名，我就能隨心所欲控制剎那的一切。

這樣剎那才會在真正的意義上成為我的所有物。

「凱亞爾葛大人，剎那的……剎那的真名是……」

我將剎那的真名烙印在腦海裡。
隨後使用那個姓名發動契約魔術，這樣剎那就和我聯繫在一起了。
如此一來剎那就成為我的了。
「謝謝妳，剎那。直到死前我都會好好疼愛妳。」
「嗯。就這麼做吧。因為剎那有那份覺悟。那大概……對剎那來說也是種幸福。」
明明一輩子都要被當作奴隸使喚，剎那卻笑了。
真是奇怪的傢伙。算了，也罷。這傢伙派得上用場。為了避免用壞掉，可得小心地疼愛她啊。我撫摸剎那的頭，並不是為了提高等級上限，而是基於純粹的欲望直接貪求著剎那的肉體，剎那發出嬌喘並接納了我。

◇

完事後，為了要告訴剎那一件重要的事，我們來到了森林深處的鍾乳洞。
那裡是與鎮上的地下水脈相通的場所。同時也是這次怪病的發生源頭。
「剎那，和妳一起變成奴隸的那兩個冰狼族，妳說是忍受不了怪病的折磨而死去對吧？」
「嗯，對。他們在被當作奴隸的店染上怪病。」
「換句話說，他們是間接被怪病所殺對吧。」

剎那一臉狐疑地歪了歪頭，好像無法理解我在說什麼。

「事實上，我知道怪病的源頭就是混入在水源內的魔物毒素。然後，我在冰狼族的村落附近看見具有同樣毒素的魔物。所以我才恍然大悟。這件事其實是人為因素所造成的。」

我用魔術查明毒素的發生源頭正是來自這個鍾乳洞。

這裡正好位於冰狼族村落和拉納利塔的中間地帶。

而且，產生毒素的魔物是棲息在冰狼族村落附近的魔物。

綜合這些條件，任誰都一目瞭然。我把沉在鍾乳洞地底湖水底的那個東西撈了起來。

混雜著猴子與螃蟹特徵的魔物呈半死不活的狀態，被用鎖鏈和重物綁在一起沉在水底。

而且，為了要讓體液源源不絕流出，還用金屬道具固定住傷口。

「怪病，是冰狼族所造成的。動機應該是復仇吧。剎那你們和這次被用來殺雞儆猴的那五個冰狼族被擄走的時期，正好和怪病蔓延的時期一致。這是為了要盡可能多殺一名憎恨的人類，還真是絞盡腦汁想到這種方法呢。」

我啞然失笑。儘管吉歐拉爾王國做了慘無人道的事，某種意義上冰狼族也不遑多讓。

放任不管的話將會有好幾千人喪命吧。這是抱著摧毀一個城鎮的決心才策劃的。

「……怎麼會，剎那跟大家會生病是因為冰狼族？」

「是啊。雖然要歸根究柢的話是擄走你們的那些傢伙不對，但直接的原因算是冰狼族造成的。好了，剎那，我要問妳一件事。」

其實這件事沒有必要告訴剎那。

只是，觀察別人的復仇是我的興趣罷了。

「我可以進一步加重這種毒的毒性。這樣一來，妳最討厭的人類將會死去更多人吧。相反的，我還能調整這種魔物的毒做出解藥流到河川源頭。如此一來為病所苦的人都會康復。再不然，也可以找出搞出這種勾當的傢伙，這可是能殺掉那些等於殺了妳朋友的人的機會。讓妳自己選吧。這是為了紀念剎那成為我真正的所有物。」

好了，妳會如何選擇？無論怎麼選擇剎那都會受傷。正因如此我才會逼問她。

「凱亞爾葛大人，剎那希望你治療大家，做出解藥。」

剎那的回答出乎我的意料。

因為她選擇拯救憎恨的人類。

「這樣好嗎？」

「沒關係，人類痛苦跟剎那無關。但是，剎那不希望有像剎那和大家這樣毫無關係的人受苦。而且……」

剎那頓了一下後，擺出殘酷的笑容。

「既然要殺，還是直接用這爪子最好。下毒太無聊了。」

我不假思索地拍起手來。這是最棒的回答。

殘酷的環境居然會導致年幼的少女變得如此扭曲。

至今為止，我還以為剎那是個思考比較正常的女孩，真是個天大的誤會。她已經徹底崩壞，說不定還比我嚴重。

「那就這麼做吧。剎那，今後也拜託妳了。」

「嗯。凱亞爾葛大人，今後請多多指教。」

我的復仇之旅才剛開始。

芙列雅公主喪失記憶，改頭換面成為芙蕾雅對我愛慕不已，盡心盡力，反抗自己的國家，罪孽深重。當她總有一天回想起一切時，究竟會做出什麼反應呢？

冰狼族的剎那，作為我的共犯兼理解者支持著我。這輩子都無法從我身邊逃走。

沒想到原本痛苦又孤獨的戰鬥，回過神來居然會變得如此有趣。

好啦，接著該做什麼好呢？

除了要給逍遙生活的【劍】之勇者和【砲】之勇者見識到地獄之外，其他也有無數想做的事情。

這個世界是我的，什麼都能辦到。我放聲大笑。

對了，首先就在拉納利塔幹一票大的，把那些傢伙吸引過來吧。我的復仇才正要開始。

後記

感謝各位閱讀這本《回復術士的重啟人生～即死魔法與複製技能的極致回復術～》。我是作者「月夜涙」。

這是取得最強【恢復】的凱亞爾將女人和財富都納入手中的爽快故事，概念是開朗又愉快的復仇！是部讀了後會讓讀者心情痛快的作品，請各位務必看看。

另外，是關於其他出版社的作品，6／30也就是在這本書發售的前一天（註：此指2017年），モンスター文庫將會發售《連我的房間都一起搬往異世界！用網路和Amozon的力量開無雙（暫譯）》！這邊是完全專注在搞笑的一部情緒高昂的作品！內容十分有趣在此推薦給各位！

謝辭

しおこんぷ老師，感謝您色情又迷人的插圖！責編大人，能與您共事真的是太好了！還有各位讀者，謝謝你們購入這本書！我們下集再見！

月夜涙

恭喜《回復術士的重啟人生》發售!!
這是我們第一次
負責輕小說插圖的工作!
今後也請各位多多指教!!

Kadokawa Light Novels

轉生成自動販賣機的我今天也在迷宮徘徊 1~2 待續

Kadokawa Fantastic Novels

作者：昼熊　插畫：加藤いつわ

轉生到異世界流浪的「自動販賣機」奮戰史，第二彈開幕！

戀愛諮詢、料理對決、魔法道具展示會等等……自動販賣機阿箱在異世界努力做各種生意的同時，被愚者的奇行團團長凱利歐爾挖角，成為遠征軍的一分子！阿箱、拉蜜絲和休爾米三人前往階層深處進行調查，然而問題頻頻發生，讓阿箱陷入孤立的窘境……？

台灣角川

各 **NT$220~200/HK$60~58**

國家圖書館出版品預行編目資料

回復術士的重啟人生：即死魔法與複製技能的極致回復術 / 月夜淚作；捲毛太郎譯. -- 初版. -- 臺北市：臺灣角川, 2018.04-
　冊；　公分
譯自：回復術士のやり直し：即死魔法とスキルコピーの超越ヒール
ISBN 978-957-564-124-5(第1冊：平裝)

861.57　　107002520

Kadokawa
Fantastic
Novels

回復術士的重啟人生 1
～即死魔法與複製技能的極致回復術～

（原著名：回復術士のやり直し～即死魔法とスキルコピーの超越ヒール～）

2018年4月11日 初版第1刷發行
2023年4月25日 初版第5刷發行

作者：月夜涙
插畫：しおこんぶ
譯者：捲毛太郎

發行人：岩崎剛人
總編輯：蔡佩芬
副總編輯：朱哲成
美術設計：黃永漢
印務：李明修（主任）、張加恩（主任）、張凱棋
發行所：台灣角川股份有限公司
地址：104台北市中山區松江路223號3樓
電話：(02)2515-3000
傳真：(02)2515-0033
網址：www.kadokawa.com.tw
劃撥帳戶：台灣角川股份有限公司
劃撥帳號：19487412
法律顧問：有澤法律事務所
製版：巨茂科技印刷有限公司
ISBN：978-957-564-124-5